高等职业教育机电类规划教材

工程制图与识图

主　编　姜亚南

副主编　毕艳茹　王丽霞

参　编　舒希勇　蒋继红　王永涛

主　审　何时剑

机械工业出版社

本书是根据高职高专教育的培养目标并采用了最新的《技术制图》、《机械制图》国家标准编写的。

本书从实用的角度出发，对传统的内容以模块化的方式进行了重新处理，将其划分为5大单元、20个任务。第一单元几何绘图、第二单元简单零件的制图、第三单元组合体的制图、第四单元零件图及机件表达方法、第五单元装配图。每个单元都有明确的知识点、能力目标和学习导读。

本书既强调了视图绘制和识读，又强调尺寸的标注和识读，还强调了零件工作状态与视图选择、尺寸标注的关系，采用了小标签形式对主要内容进行了一些注释、重点的提示或小结和如何学习的提示。读者在阅读时，可以充分利用这一点测试自己对相关内容的理解掌握程度，也可以使自己更好地掌握相关知识。

与本书配套的《工程制图与识图习题集》亦同时出版。其编排顺序与本书一致。

本书既可作为高等职业技术学院、高等专科学校、成人高校、继续教育学院机械类、近机类专业的教材，也可作为有关技术人员的自学参考书。

图书在版编目（CIP）数据

工程制图与识图/姜亚南主编. —北京：机械工业出版社，2011.7
高等职业教育机电类规划教材
ISBN 978-7-111-34182-6

Ⅰ.①工… Ⅱ.①姜… Ⅲ.①机械制图-高等职业教育-教材②机械图-识图法-高等职业教育-教材 Ⅳ.①TH126

中国版本图书馆 CIP 数据核字（2011）第 084461 号

机械工业出版社（北京市百万庄大街22号 邮政编码100037）
策划编辑：王英杰 责任编辑：王英杰 版式设计：霍永明
责任校对：刘志文 封面设计：鞠 杨 责任印制：李 妍
北京诚信伟业印刷有限公司印刷
2011 年 7 月第 1 版第 1 次印刷
184mm×260mm · 9.75 印张 · 237 千字
0001—4000 册
标准书号：ISBN 978-7-111-34182-6
定价：19.00 元

前　言

本书根据生产实际和对"机械制图教学基本要求"、"高职高专专业人才培养目标"的要求，采用了我国最新颁布的《技术制图》、《机械制图》等国家标准，对内容体系进行了重构，以"必须、够用"为度，使学生在掌握制图基本知识的基础上得到全面、系统的动手能力的训练。

本书有如下几个特点：

1. 本书以单元项目、任务的形式给出，每个单元都有明确的知识点、能力目标和学习导读，学生学完所有的单元项目将达到本学科总的培养目标的要求。

2. 本书的教学内容从简单零件绘制到复杂部件的绘制安排，由浅入深，遵循学生的认知规律，同时考虑到专业知识和技能训练自身内在的逻辑关系。

3. 本书加强与生产实际相结合，尽量使所采用的每一个例题都有与生产实际一样或类似的工作环境，以真实完成生产任务或绘制真实的可供生产的机械零件图为载体组织教学过程。

4. 本书通过 20 个典型任务，培养学生的空间形象思维能力，正确使用绘图工具及仪器，培养手工绘图和阅读工程图样的基本能力，同时为后续课程打下良好基础。

5. 本书采用了小标签形式对主要内容进行了一些注释、重点的提示或小结和如何学习的提示。读者在阅读时，可以充分利用这一点测试自己对相关内容的理解掌握程度，也可以帮助自己更好地掌握相关知识。

6. 本书与《工程制图与识图习题集》配套使用，并附有《工程制图与识图》多媒体课件。

7. 从教材到习题集全部按最新的《技术制图》、《机械制图》国家标准进行编写、绘制，是实际意义上的新教材。

本书由淮安信息职业技术学院姜亚南任主编，淮安信息职业技术学院毕艳茹、炎黄职业技术学院王丽霞任副主编，淮安信息职业技术学院舒希勇、蒋继红、王永涛参编。全书由淮安信息职业技术学院何时剑任主审，由姜亚南统稿。

由于编者水平有限，书中难免有错误和不妥之处，诚请选用本书的师生和广大读者批评指正。

编　者

目　录

第一单元 几何绘图

【知识点】 有关制图国家基本标准、尺寸标注、几何作图方法、平面图形的分析与作图、徒手绘图的方法。

【能力目标】 本单元内容以典型零件为载体，通过介绍手柄、钩头型楔键和顶尖这三个典型零件的绘制过程以及绘制中遇到的知识点，使学生熟悉有关制图的国家标准中图幅、比例、字体的有关规定；了解绘图工具的使用方法；掌握有关制图的国家标准中图线的应用、画法、尺寸注法；掌握机械制图中常见的一些几何作图方法；掌握平面图形的分析与画法。

【学习导读】 图样是工程界的语言，国家标准和制图的基本理论是绘制工程图样必须遵循的规则。本单元主要讲解国家标准有关制图方面的一些规定、绘图工具的使用以及机械制图中常见的一些几何作图方法。

图 1-1a 所示是端盖零件图，图 1-1b 所示是端盖立体图。零件图是按照制图的基本理论和规则绘制的图样。

机械图样是根据投影原理，按照国家标准或有关规定来表达机械零件的形状和尺寸以及制造和检验所需要的技术说明的图样。

下面主要介绍有关机械制图国家标准的相关规定和绘图工具的使用。

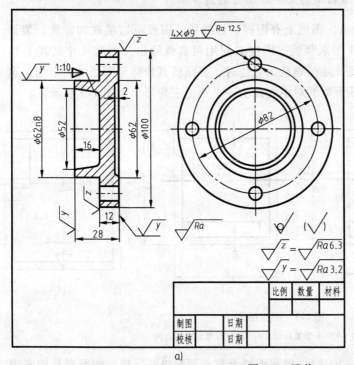
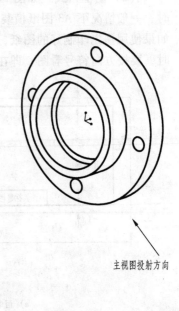

a)   b)

图 1-1 端盖

a) 端盖零件图　b) 端盖立体图

一、国家标准《机械制图》的基本规定

国家标准《技术制图》是基础技术标准，国家标准《机械制图》是机械专业制图标准，它们是绘制与使用图样的准绳，必须认真学习和遵守这些标准中的规定。

国家标准简称国标，代号为"GB"（"GB/T"为推荐性国标）。例如，"技术制图　图纸幅面和格式"的国家标准编号是 GB/T 14689—2008。"14689"为标准的顺序号，"2008"为标准发布的年份。

1. 图纸幅面和格式（GB/T 14689—2008）

（1）图纸幅面　要绘图，先要选取图纸。图纸的基本幅面分为 A0、A1、A2、A3、A4 五种幅面。如它们不能满足要求，可按基本幅面的短边成整数倍增加后得出。表 1-1 为基本幅面尺寸，图 1-2 所示为基本幅面的尺寸关系。

表 1-1　基本幅面尺寸　（单位：mm）

幅面代号	$B \times L$	e	c	a
A0	841×1189	20	10	25
A1	594×841	20	10	25
A2	420×594	10	10	25
A3	297×420	10	5	25
A4	210×297	10	5	25

图 1-2　基本幅面的尺寸关系

标题栏在图纸的右下角。标题栏中的文字方向为看图方向。

（2）图框格式　如图 1-3 所示，图纸上有图框、标题栏。图纸可以横放和竖放。装订时，一般情况下 A3 图纸横装，A4 图纸竖装。图框必须用粗实线绘出，图框尺寸见表 1-1。如果使用预先印制好的图纸，需要改变标题栏的方位时，必须将其旋转至图纸的右上角。这时，要按方向符号看图，即在图纸下边的对中处画上一个等边三角形，如图 1-3 所示。

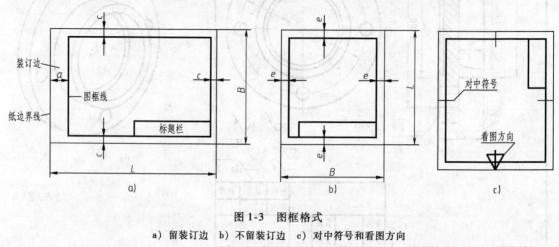

图 1-3　图框格式

a）留装订边　b）不留装订边　c）对中符号和看图方向

（3）标题栏（GB/T 10609.1—2008）　每张图纸上都必须画出标题栏。标题栏是用来表达零部件及其管理等信息的，一般位于图纸的右下角，并且其底边和右边分别与下图框和右

图框线重合。标题栏中的文字方向通常为看图方向。标题栏的格式和尺寸应按国家标准的规定画出，练习用的标题栏可简化。制图作业的标题栏建议采用图 1-4 所示的格式，装配图的标题栏建议采用图 1-5 所示的格式。

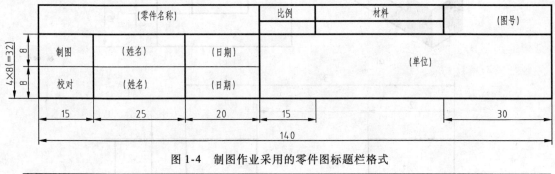

图 1-4　制图作业采用的零件图标题栏格式

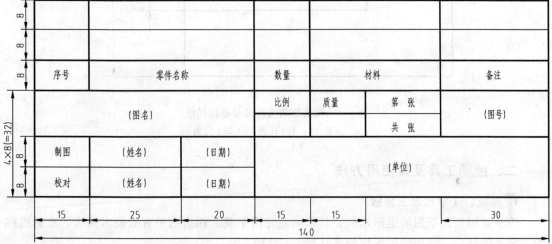

图 1-5　装配图标题栏格式

标题栏在图纸的右下角。标题栏中的文字方向为看图方向。

2. 比例（GB/T 14690—1993）

比例是指图样中图形与其实物相应要素的线性尺寸之比，其值见表 1-2。

表 1-2　常用的比例

种类	比 例						
原值比例	$1:1$						
放大比例	$2:1$ $2 \times 10^{n}:1$	$(2.5:1)$ $(2.5 \times 10^{n}:1)$	$(4:1)$ $(4 \times 10^{n}:1)$	$5:1$ $5 \times 10^{n}:1$	$1 \times 10^{n}:1$		
缩小比例	$(1:1.5)$ $(1:1.5 \times 10^{n})$	$(1:2)$ $(1:2 \times 10^{n})$	$(1:2.5)$ $(1:2.5 \times 10^{n})$	$(1:3)$ $(1:3 \times 10^{n})$	$(1:4)$ $(1:4 \times 10^{n})$	$1:5$ $1:5 \times 10^{n}$	$(1:6)$　　$1:10$ $(1:6 \times 10^{n})$　$1:10 \times 10^{n}$

注：1. n 为正整数。

　　2. 绘图时，应选表中不带括号的比例；必要时，也允许选取表中带括号的比例。

画图时优先采用原值比例。但不论采用何种比例，图形中所标注的尺寸数值均填写实际尺寸，与比例无关，如图 1-6 所示。

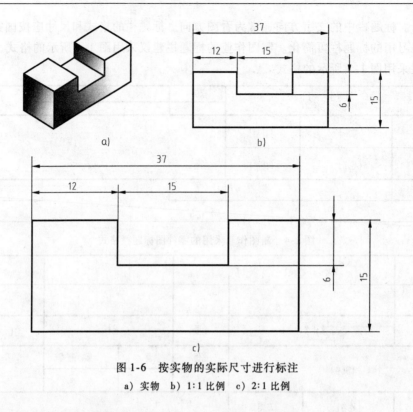

图 1-6　按实物的实际尺寸进行标注
a) 实物　　b) 1:1 比例　　c) 2:1 比例

二、绘图工具及其使用方法

1. 图板、丁字尺及三角板

图板是固定图纸用的矩形木板，其板面应光滑平整，四边由平直的硬木镶边，左侧边称为丁字尺的导边。常用的图板规格有 0 号、1 号和 2 号。

画图时，先将图纸用胶带纸固定在图板上，丁字尺头部紧靠图板左边，画线时铅笔应在垂直于纸面的平面内并向右倾斜约 30°，如图 1-7a 所示。丁字尺上下移动到画线位置，自左向右画水平线如图 1-7b 所示。

三角板由 45°的及 30°和 60°的两块组成为一副，可与丁字尺配合使用画垂直线和 15°倍角的斜线，如图 1-8 所示。

在今后的练习中必须将图纸贴在图板上，用丁字尺和三角板配合使用绘图。圆规钢针有台阶的一端朝下。

2. 圆规和分规

圆规主要用于画圆或圆弧。圆规的附件有钢针插脚、铅芯插脚、鸭嘴插脚和延伸插杆等。

画圆时，圆规的钢针应使用有肩台的一端，并使肩台和铅芯尖平齐。圆规使用方法如图 1-9 所示。

分规是用来截取线段、等分直线或圆周以及从尺上量取尺寸的工具。分规两脚均为钢针，针尖在并拢时应能对齐，否则应调整，如图 1-10 所示。

3. 字体（GB/T 14691—1993）

在图样上除了表示机件形状的图形外，还要用文字和数字说明机件的大小、技术要求和其他内容。

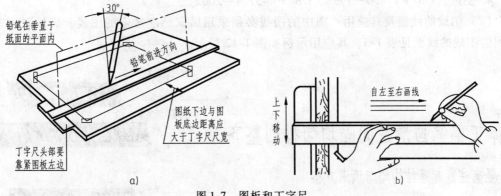

图 1-7 图板和丁字尺
a）画线前的准备 b）画线时

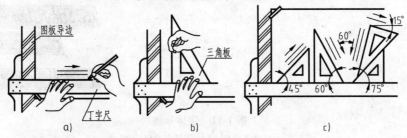

图 1-8 图板、丁字尺和三角板的配合使用
a）画水平线 b）画竖直线 c）画带角度的线

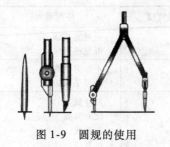

图 1-9 圆规的使用

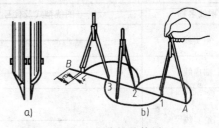

图 1-10 分规的使用
a）分规 b）分规应用示例

图样上书写的字体必须做到：字体工整、笔画清楚、间隔均匀、排列整齐。字体的号数即字体的高度 h。h 分为八种，其公称尺寸系列为 20mm、14mm、10mm、7mm、5mm、3.5mm、2.5mm、1.8mm。

（1）汉字 汉字写成长仿宋体，并采用国家正式公布推行的简化汉字。汉字的高度不小于 3.5mm，其宽度一般为字高的 $1/\sqrt{2}$ 倍。字与字间隔约为字高的 1/4，行与行的间隔约为高的 1/3，如图 1-11a 所示。长仿宋体的书写要领是：横平竖直、起落有锋、结构均匀、写满方格。

（2）字母和数字 数字和字母可写成直体或斜体，常用斜体，且字头向右倾斜，与水平基准线夹角约为 75°。如图 1-11b 所示。在一张图样上只允许采用同一种形式的字体。

注意：汉字要写得长；数字要一笔一画写，不要连笔。

4. 图线 （GB/T 17450—1998、GB/T 4457.4—2002）

（1）图线的线型及其应用　图中的图线必须采用国家标准规定的图线。机械制图中常用到的图线的线型见表 1-3，其应用示例如图 1-12 所示。

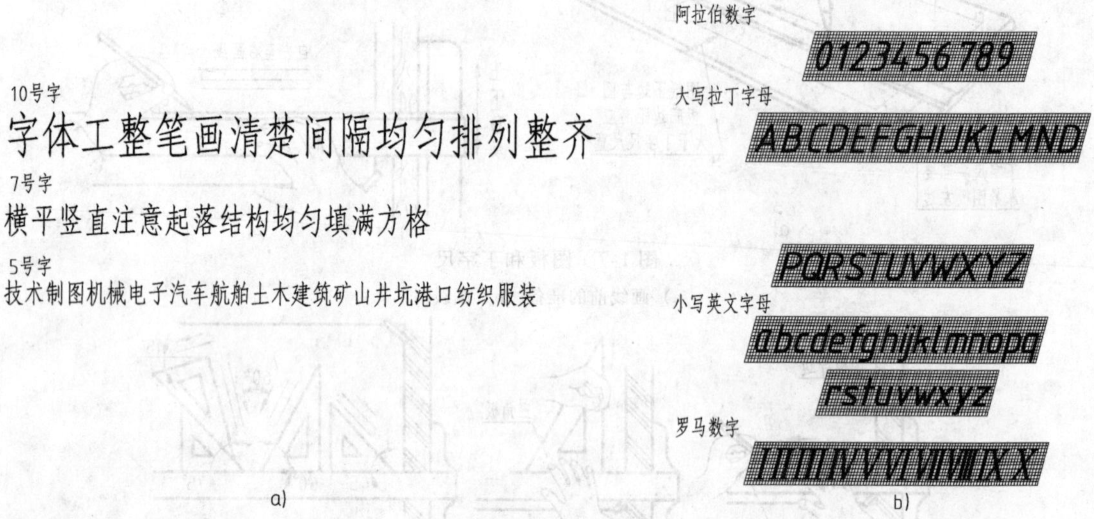

阿拉伯数字

0123456789

10号字

字体工整笔画清楚间隔均匀排列整齐

大写拉丁字母

ABCDEFGHIJKLMND

7号字

横平竖直注意起落结构均匀填满方格

5号字

技术制图机械电子汽车航舶土木建筑矿山井坑港口纺织服装

小写英文字母

abcdefghijklmnopq
rstuvwxyz

罗马数字

IIIIIIIVVVIVIIVIIIIXX

a)　　　　　　　　　　　　　　　　b)

图 1-11　字体示例

a）汉字示例　b）字母和数字示例

表 1-3　图线的线型及其应用（GB/T 4457.4—2002）

图线名称	图线型式及代号	图线宽度	应用举例
粗实线	————————	d	可见轮廓线 可见棱边线
细虚线	— — — — — —	$d/2$	不可见轮廓线 不可见棱边线
细实线	————————	$d/2$	尺寸线 尺寸界线 剖面线 过渡线
细点画线	— · — · — · —	$d/2$	轴线 对称中心线
波浪线	〜〜〜〜〜	$d/2$	断裂处的边界线 视图与剖视图的分界线
双折线	—／\／\—	$d/2$	（在一张图样上一般采用一种线型，即采用波浪线或双折线）
粗点画线	━ · ━ · ━	d	限定范围的表示线
粗虚线	▬ ▬ ▬ ▬	d	允许表面处理的表示线
细双点画线	— ·· — ·· —	$d/2$	相邻辅助零件的轮廓线 可动零件的极限位置的轮廓线 轨迹线

机械图样中采用粗细两种图线宽度，它们的比例关系为2:1。粗（细）线的宽度应按图样的类型和尺寸大小在下列数值系列中选取：

0.25mm、0.35mm、0.5mm、0.7mm、1.0mm、1.4mm、2mm。

粗线宽度通常采用0.5mm或0.7mm。

为了保证图样清晰，便于复制，图样上尽量避免出现线宽小于0.18mm的图线。

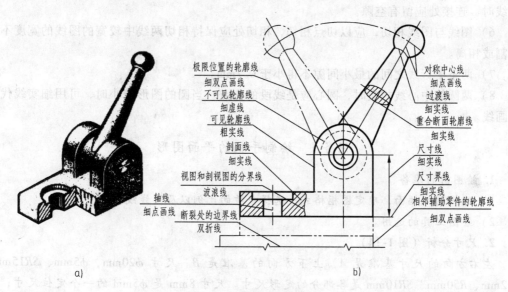

图 1-12　线型应用示例
a）轴测图　b）投影图

> 记住这张图的图线和使用说明，请特别注意对称中心线的使用。

（2）图线画法　作图时应注意以下几点，如图1-13所示。

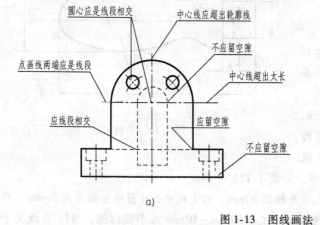

图 1-13　图线画法
a）错误　b）正确

1）同一图样中同类图线的宽度应基本一致。虚线、点画线及双点画线的线段长度和间隔应各自大致相等。

2）当各种线型重合时，应按粗实线、虚线、点画线的顺序绘制。

3）点画线和双点画线中的点应是极短的一段直线，长约 1mm，不能画成圆点，且点、线应一起绘制，在线的首末两端应为长画线，不能画成点。点画线应超出图形的轮廓线 3~5mm。

4）在较小的图形上绘制点画线或双点画线有困难时，可用细实线代替。

5）虚线、点画线、双点画线与任何图线相交时都应交在线段处；虚线是其他图线的延长线时，连接处应留有空隙。

6）图线与图线相切，应以切点相切，相切处应保持相切两线中较宽的图线的宽度不得相割或相离。

7）两条平行线之间的最小间隙不得小于 0.7mm。

8）两圆的中心线相交时，圆心应是线段的交点；当圆的图形较小时，可用细实线代替点画线。

任务 1 绘制手柄的平面图形

1. 绘图前的准备

1）选择图纸幅面，确定图框格式；选择合适的比例以及图线线型。

2）绘图工具的选用。

2. 尺寸分析（图 1-14）

左右方向的尺寸基准是 A，上下方向的基准是 B。尺寸 ϕ20mm、ϕ5mm、SR15mm、R12mm、R50mm、SR10mm 是各部分的定形尺寸。尺寸 8mm 是 ϕ5mm 的一个定位尺寸；另一个定位尺寸为零，即位于基准 B 上。尺寸 75mm 决定 SR10mm 的球心位置。尺寸 ϕ30mm 是 R50mm 的一个定位尺寸。

3. 线段分析

ϕ5mm、SR15mm、SR10mm 是已知圆弧，R50mm 是中间圆弧，R12mm 是连接圆弧。

4. 作图步骤（图 1-15）

1）画出尺寸基准 A、B 直线，作距 A 直线为 8mm、15mm、75mm 的三条垂直于 B 的直线，如图 1-15a 所示。

2）画出两段已知弧 R15mm、R10mm 及圆 ϕ5mm，再画分别距 B 直线为 10mm 并平行于 B 直线的两条直线（即相距为 20mm 的两条直线），得矩形，如图 1-15b 所示。

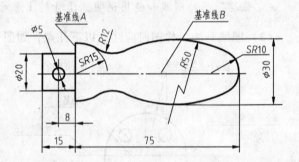

图 1-14 手柄

3）作 Ⅱ、Ⅲ 两条辅助线平行于 B 直线并相距 30mm，作 Ⅰ 线平行于 Ⅲ 线且距离为 50mm，作 Ⅳ 线平行于 Ⅱ 线且距离为 50mm，以 O 为圆心、$R_1 = 50mm - 10mm$ 为半径作弧，与 Ⅰ、Ⅳ 线交于 O_1、O_2，即中间弧 R50mm 的圆心。连接 O、O_1 和 O、O_2，其延长线分别与圆弧 R10mm 相交于 T_1、T_2，即切点，作中间弧 R50mm 与 R10mm 弧内切连接，如图 1-15c 所示。

4）分别以 O_1、O_2 为圆心，以 $R_2 = 50mm + 12mm$ 为半径作弧，以 $R_3 = 15mm + 12mm$ 为半径作弧，得交点 O_3、O_4，即连接弧 R12mm 的圆心。连接 O_5、O_3 和 O_5、O_4，与 R15mm

弧相交于 T_3、T_4；连接 O_2、O_4 和 O_1、O_3 与 $R50mm$ 弧相交于 T_5、T_6，即切点；作连接弧 $R12mm$ 与 $R15mm$、$R50mm$ 外切连接，如图 1-15d 所示。

5）校核底稿，擦去作图线，标注尺寸，加粗图线，完成手柄图形的绘制，如图 1-15e 所示。

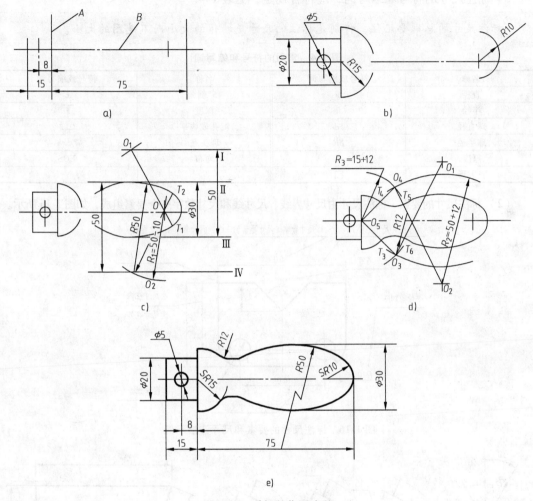

图 1-15　手柄的作图步骤

画这种平面图形时先找出定位尺寸和选择作图基准。

5. 尺寸注法（GB/T 4458.4—2003、GB/T 16675.2—1996）

尺寸（包括线性尺寸和角度尺寸）是图样中的重要内容之一，是制造零件的直接依据，也是图样中指令性最强的部分。因此，制图标准 GB/T 4458.4—2003、GB/T 19096—2003 对尺寸标注作了专门的规定，这是在绘制、识读图样时必须遵守的。

图形只能表示物体的形状，其大小不能从图上直接量取，否则会由于人为的因素使同一几何要素的大小有所不同。所以，物体的大小必须由标注尺寸来确定。

（1）标注尺寸的总则

1）所注的尺寸数值必须是物体的真实大小，与图形的准确性无关。

2）图样中的尺寸（包括技术要求和其他说明）以 mm 为单位时，不必注明。如用其他单位则必须注明单位符号。

3）所注尺寸数值是物体的最后完工尺寸。

4）物体的每一尺寸一般只注一次。

5）标注尺寸的符号和缩写词，应符合规定，见表1-4。

标注尺寸的总则要记住，特别是标注的尺寸是物体的大小而不是图的大小。

表1-4　常用的符号和缩写词

名称	符号或缩写词	名称	符号或缩写词
直径	ϕ	45°倒角	C
半径	R	深度	▼
球直径	$S\phi$	沉孔或锪平	⊔
球半径	SR	埋头孔	⌄
厚度	t	均布	EQS
正方形	□		

（2）标注尺寸的要素　标注尺寸由尺寸界线、尺寸线和尺寸数字三个要素组成，如图1-16所示。

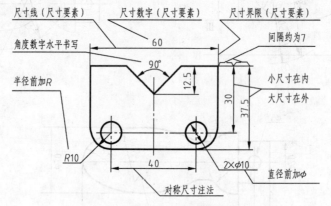

图1-16　标注尺寸的要素和尺寸注法示例

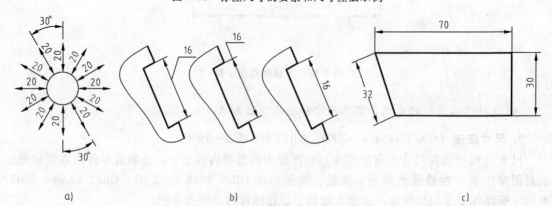

图1-17　尺寸数字的注法示例

尺寸线用细实线画出，尺寸界线用细实线画出或由中心线、轮廓线代替，如图1-16所示。

线性尺寸的数字通常注写在尺寸线的上方或中断处，如图1-17所示。线性尺寸数字的注写方向为：水平方向的尺寸数字字头向上，垂直方向的尺寸数字字头向左，倾斜方向的尺寸数字字头偏向斜上方；避免在 30°范围内标注尺寸，可按图 1-17a 所示形式标注；当无法避免时，可按图 1-17b 所示形式标注。尺寸数字不允许被任何图线所通过，否则，需将图线断开或引出标注。

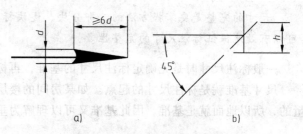

图 1-18 尺寸线的终端形式
a）箭头 b）斜线

尺寸线的终端有箭头和斜线两种，如图 1-18 所示。机械图样中的尺寸线终端一般画成箭头。斜线用细实线绘制。尺寸线与尺寸界线必须相互垂直。同一张图样中只能采用一种尺寸线终端的形式。

同一张图样上，尺寸线的终端应为同一种形式。

（3）标注尺寸的要求 正确标注尺寸，应该做到完整、清晰、合理。下面先介绍怎样做到完整和清晰，在具备专业知识以后还要考虑做到合理。

1）清晰。清晰就是要使看图的人便于找到尺寸和不发生误解。如尺寸尽量标注在图外、靠图最近的尺寸应该与图保持 7mm 的距离、小尺寸靠图近、大尺寸离图远、同一方向的尺寸排列整齐等，如图 1-16 所示。

2）完整。完整就是要做到标注的尺寸不多、不少。那么怎样才能做到呢？最好的方法就是将要标注尺寸的图形进行分块，也即假设将图形分解成几个更简单的部分，然后标注这几个部分的定形尺寸、定位尺寸，如图 1-19 所示，最后合并成为如图 1-16 所示的完整的尺寸标注。

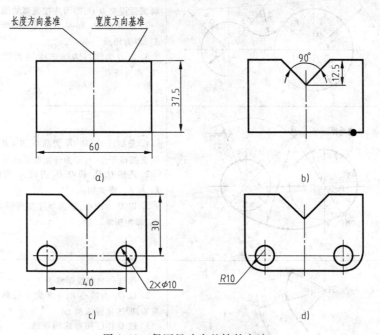

图 1-19 保证尺寸完整性的方法
a）标注长方形的尺寸 b）标注 V 形槽的尺寸
c）标注两个孔的定位、定形尺寸 d）标注圆角的尺寸

> 尺寸的完整是要掌握方法的，即分块、逐块标注定形和定位尺寸。用这种形体分析法可以有效地保证标注尺寸的完整性。

一般标注尺寸时是先确定标注尺寸的基准，再标注定位尺寸，最后是定形尺寸。

尺寸基准就是标注尺寸的起点。如某房间的楼层与地面的距离是从地面开始往上开始度量的，所以地面就是基准，因此基准又可以理解为垂直方向坐标轴的原点。

三、圆弧连接

圆弧连接是指用已知半径的圆弧将两个已知元素（直线、圆弧、圆）光滑地连接起来，即平面几何中的相切。其中的连接点就是切点，所作圆弧称为连接弧。圆弧连接作图的要点是：准确地作出连接弧的圆心和切点。圆弧连接的形式及步骤见表1-5。

表1-5　圆弧连接

形　式	作　图	步　骤
圆弧 R 连接两已知直线		1. 分别作与两已知直线的距离分别为 R 的平行线，其交点 O 即为连接圆弧的圆心 2. 过 O 点分别作两已知直线的垂线，得垂足 K_1 和 K_2，即为切点 3. 以 O 为圆心，R 为半径在两切点 K_1、K_2 之间作圆弧，即为所求
圆弧 R 连接两已知圆弧 R_1 和 R_2		1. 分别以 O_1 和 O_2 为圆心，$R_1 + R$ 和 $R_2 + R$ 为半径画圆弧得交点 O，即为连接圆弧的圆心 2. 连接 O、O_1 和 O、O_2，与已知圆弧分别交于 K_1 和 K_2，即为切点 3. 以 O 为圆心，R 为半径，在两切点 K_1、K_2 之间作圆弧，即为所求
		1. 分别以 O_1 和 O_2 为圆心，$R - R_1$ 和 $R - R_2$ 为半径画圆弧得交点 O，即为连接圆弧的圆心 2. 连接 O、O_1 和 O、O_2 并延长，与已知圆弧分别交于 K_1 和 K_2，即为切点 3. 以 O 为圆心，R 为半径在两切点 K_1、K_2 之间作圆弧，即为所求
圆弧 R 连接已知圆弧 R_1 和直线		1. 作与已知直线距离为 R 的平行线 2. 以 O_1 为圆心 $R_1 + R$ 为半径画圆弧，与平行线交与 O，即连接圆弧圆心 3. 过 O 作已知直线的垂线，得垂足 K_2，连接 O、O_1，与已知圆弧交于 K_1，则 K_1、K_2 也为切点 4. 以 O 为圆心，R 为半径，在 K_1、K_2 之间作圆弧，即为所求

总之，圆弧连接的作图步骤可归纳为：

1）根据作图原理求圆心。

2）从求得的圆心找切点。

3）在两切点之间画圆弧。

圆弧连接的实质就是求圆心和找切点。

四、平面图形的分析

平面图形是由若干直线和曲线封闭连接组合而成的，这些线段之间的相对位置和连接关系根据给定的尺寸来确定。

在平面图形中，有些线段的尺寸已完全给定，可以直接画出，而有些线段要按照相切的连接关系画出。因此，绘图前应对所绘图形进行分析，从而确定正确的作图方法和步骤。下面以前面所讲的手柄（图1-14）为例进行尺寸和线段分析。

1. 尺寸分析

平面图形中所注尺寸按其作用可分为定形尺寸和定位尺寸两类。

（1）定形尺寸 确定图形中各线段形状大小的尺寸，如 $\phi20mm$、$\phi5mm$、$SR15mm$、$R12mm$、$R50mm$、$SR10mm$。一般情况下，确定几何图形所需定形尺寸的个数是一定的，如矩形的定形尺寸是长和宽，圆和圆弧的定形尺寸是直径和半径等。

（2）定位尺寸 用于平面图形中确定各线段间相对位置的尺寸，称为定位尺寸。例如圆心的位置尺寸，直线与中心线的距离尺寸等。对于定位尺寸而言，应有标注或度量的起点，这种起点，称为尺寸基准。一个平面图形，应有水平和垂直两个方向的尺寸基准。通常，以图形的对称线、较大直径圆的中心线和重要轮廓线作为尺寸基准，确定图形中各线段间相对位置的尺寸。图1-4所示的手柄图样中，尺寸8mm是 $\phi5mm$ 的一个定位尺寸，另一个定位尺寸为零，即位于基准 B 上；尺寸75mm决定 $SR10mm$ 的圆心位置；尺寸 $\phi30mm$ 是 $R50mm$ 的一个定位尺寸。

2. 线段分析

平面图形中，有些线段具有完整的定形和定位尺寸，可根据标注的尺寸直接画出；有些线段的定形和定位尺寸并未全部标出，要根据已注出的尺寸和该线段与相邻线段的连接关系，通过几何作图才能画出。因此，通常按线段的尺寸是否齐全将线段分为已知线段、中间线段、连接线段三种。

（1）已知线段 定形、定位尺寸全部注出的线段，如手柄 $\phi5mm$、$SR15mm$、$SR10mm$ 均属已知线段。

（2）中间线段 注出定形尺寸和一个方向的定位尺寸，必须依靠相邻线段间的连接关系才能画出的线段，如手柄 $R50mm$ 圆弧。

（3）连接线段 只注出定形尺寸，未注出定位尺寸的线段，其定位尺寸需根据该线段与相邻两线段的连接关系，通过几何作图方法求出，如手柄图样中的 $R12mm$ 圆弧。

画图时，应先画已知线段，再画中间线段，最后画连接线段。

五、绘图的步骤

1) 画图形基准线。

2) 画已知圆弧和线段。

3) 求切点，画中间圆弧。

4) 求切点，画连接圆弧。

5) 擦去多余线条，按线型加深图线。

6) 标注尺寸，完成全图。

六、绘图的方法

（1）准备工作　准备好必需的绘图工具和仪器，将图纸固定在图板的适当位置，使绘图时丁字尺、三角板移动自如。

（2）图形的布置　根据所画图形的大小和选定的比例，合理布图。图形尽量匀称、居中，并要考虑标注尺寸的位置，确定图形的基准线。

（3）底稿绘制　底稿宜用 H 铅笔或 2H 铅笔轻淡地画出。画底稿的一般步骤是：先画轴线或对称中心线，再画主要轮廓，然后画细节。

（4）铅笔加深　描深图线前，要仔细检查底稿，纠正错误，擦去多余的作图线和图面上的污迹，按标准线型描深图线。描深图线的顺序为：

1) 描深全部细线（用 H 铅笔或 2H 铅笔）。

2) 描深全部粗实线（用 HB 铅笔或 B 铅笔）。先描深圆和圆弧，后描深直线；先描上后描下，再描深垂直线、斜线（先左后右）。

（5）标题栏的填写　按国家标准有关规定在图样中填写标题栏。

七、常见几种几何图形的作图方法

机件的形状虽各有不同，但都是由各种基本的几何图形所组成的，所以绘制机械图样应当首先掌握常见几何图形的作图原理、作图方法，以及图形与尺寸间相互依存的关系。

如图 1-20 所示的钩头型楔键、机床尾座顶尖，它们的平面图形都包含有斜面和锥面。

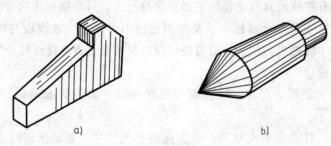

a)　　　　　　　　　　　　　　　　b)

图 1-20　钩头型楔键和机床尾座顶尖

a) 钩头型楔键　b) 机床尾座顶尖

下面介绍常见几何图形的作图原理和方法。

斜度是指一条直线对另一条直线或一个平面对另一个平面的倾斜程度。锥度是指正圆锥的底圆直径与圆锥高度之比。

斜度、锥度、正多边形的画法和尺寸标注如图1-21所示。

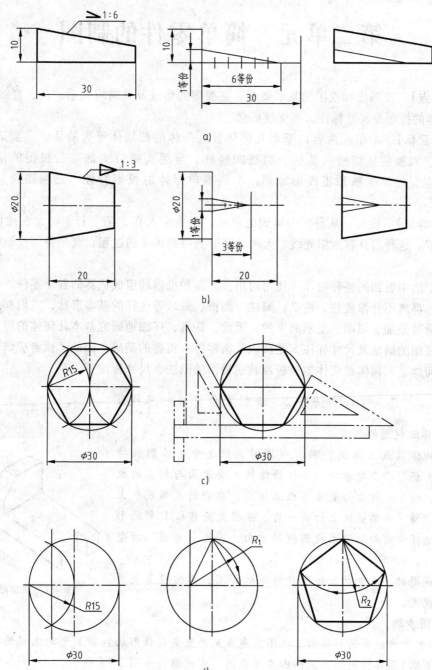

图 1-21　斜度、锥度、正多边形的画法和尺寸标注

a）斜度的画法和标注　　b）锥度的画法和尺寸标注　　c）正六边形的画法和尺寸标注　　d）正五边形的画法和尺寸标注

斜度、锥度是画出来的，不是量出来的，注意"一等份"；六等分其实只要画两次圆弧即可；五等分可以用圆规试分。

第二单元 简单零件的制图

【知识点】 投影法和视图的基本概念，三视图的形成及其对应关系，点、直线、平面、基本几何体的投影及尺寸标注，截交线概念。

【能力目标】 本单元内容以基本几何体及几何体的截切体等为载体，主要通过介绍直角弯板、六棱柱、切槽六棱柱、切槽四棱柱、半圆头螺钉头部等三视图的绘制中涉及的知识点，使学生熟悉正投影原理，掌握简单形体的投影特性、三视图及其截交线的画法。

【学习导读】 投影是从自然中得到的启示。当一个人在太阳下行走时，在地面上一定有一个影子。这种当具有太阳光线、人和地面时会得到影子的过程，就是得到投影的基本概念的过程。

人们生活中看到的各种物体和使用的用具，各种机器和组成机器的各个零件，不管它们怎样变化，都离不开像棱柱、棱锥、圆柱、圆锥、圆球等这样的基本形状，它们都是由这些基本形状通过叠加、切割、变形而来的。因此，认真、仔细地研究基本几何体的形成、形状特点、三视图的画法及尺寸标注，是认识复杂零件和机器的基础。因此，读者应该完全掌握对基本几何体、几何体截切体的分析及其三视图的画法、尺寸标注等。

任务2 绘制直角弯板的三视图

1. 物体三视图的画法

根据物体（或立体图）画三视图时，应先分析其形状特征，选择主视图的投射方向，并使物体的主要表面与相应的投影面平行。图2-1所示为直角弯板立体图，在它的左端底板上开了一个方槽，右端竖板上切去一角。根据直角弯板 L 形的形状特征，选择由前向后的主视图投射方向，并使 L 形前、后壁与正面平行，底面与水平面平行。

图2-1 直角弯板

画三视图时，应先画反映形状特征的视图，再按投影关系画出其他视图。

2. 作图步骤

1）画直角弯板原始形体的三视图。先画反映直角弯板形状特征 L 形的主视图（尺寸从立体图中量取），再按投影关系画出其俯视图、左视图，如图2-2a所示。

2）画直角弯板左端方槽的三面投影。先画方槽形状特征的俯视图，再按长对正和宽相等的投影关系分别画出主视图中的虚线（视图上对于不可见轮廓线的投影）和左视图中的图线，如图2-2b所示。

3）画右部切角的三面投影。先画反映切角形状特征的左视图，再按高平齐、宽相等的投影关系分别画出主视图和俯视图中的图线。画俯视图中的图线时，应注意前后对应关系，如图2-2c所示。

4）检查无误，加深图线，完成三视图的绘制，如图 2-2d 所示。

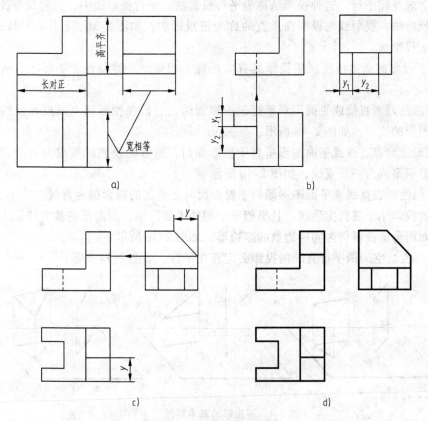

图 2-2 三视图的作图步骤

a）弯板原始的三视图 b）方槽的三面投影 c）切角的三面投影 d）加深三视图

一、三视图的形成、对应关系及其画法

1. 投影法的概述

（1）投影的形成 日常生活中，一个物体在灯光的照射下，在地面上会形成一个影子，这就是投影的原始形象。如图 2-3a 所示，剔除光源 S，光线 Sa、Sb、Sc，地面 H，影子 abc 的具体物理意义，可将它们描述为投射中心 S，投射线 Sa、Sb、Sc，投影面 H，投影 abc。

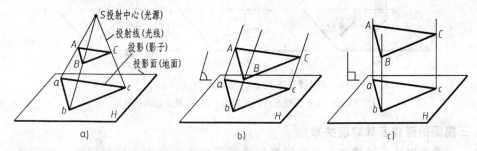

图 2-3 投影的特性

a）投影的形成及中心投影 b）平行投影——斜投影 c）平行投影——正投影

（2）投影的种类　投射线交于一点的投影方法叫做中心投影法。将投射中心移至无穷远处，投射线互相平行，这种投影法称为平行投影法。平行投影法中，投射线与投影面倾斜的称为斜投影法；投射线与投影面垂直的称为正投影法，如图 2-3b、c 所示。画三视图时，采用的是正投影法。

（3）正投影的基本特性　正投影具有实形性、积聚性、类似性、平行性、从属性的基本特性。

1）实形性。当直线或平面图形平行于投影面时，它们在投影面上的投影反映直线的实长或平面图形的实形，如图 2-4a 所示。

2）积聚性。当直线或平面图形垂直于投影面时，直线的投影积聚成为一个点，或平面图形的投影积聚成为一条直线，如图 2-4b 所示。

3）类似性。当直线或平面图形倾斜于投影面时，直线的投影仍为直线，且小于其实长；平面图形的投影小于其真实形状，且类似于空间的平面图形，即图形的基本特征不变，如多边形的平面图形的投影仍为同样边数的多边形，如图 2-4c 所示。

4）平行性。空间两平行直线的投影必定互相平行，如图 2-5a 所示。

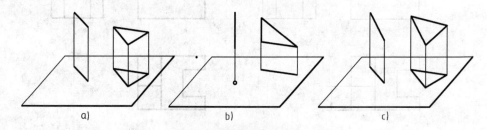

图 2-4　正投影的基本特性（一）
a）实形性　b）积聚性　c）类似性

5）从属性。属于直线上的点（常说在直线上的点）的投影必属于该直线在同一投影面上的投影（常说点的投影也在该直线的投影上），且分线段的比在投影后保持不变（$AM:MB = am:mb$），如图 2-5b 所示；属于平面的点或直线（常说在平面上的点或直线），它们的投影必属于该平面在同一投影面上的投影，如图 2-5c 所示。

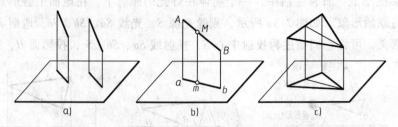

图 2-5　正投影的基本特性（二）
a）平行性　b）直线上点的从属性　c）平面上点的从属性

2. 三视图的形成及其对应关系

（1）三投影面体系的建立　根据正投影法得到的正投影图，就如同以人的视线代替投射光线，正对着物体观察，因而机械图上的正投影图也称为视图。物体向三个不同的投影面作正投影，就得到三个视图，如图 2-6 所示。这三个投影面两两互相垂直，称为三投影面体系，由正立投影面 *V*（简称正面）、水平投影面 *H*（简称水平面）、侧立投影面 *W*（简称侧面）组成。三个投影面两两相交的交线 *OX*、*OY*、*OZ*，分别代表物体的长、宽、高三个方向，称为投影轴。

（2）投影面体系的展开　为了画图方便，需将三投影面体系展开。沿 *OY* 轴剪开，*H* 面绕 *OX* 轴向下旋转90°，与 *V* 面摊平，*W* 面绕 *OZ* 轴向右旋转90°，与 *V* 面摊平，如图2-7a所示。于是，得到在同一平面上的三个视图，如图2-7b所示。画图时不必画出投影面的边框，最后便得到如图2-7c所示的三视图。

物体的正面投影称为主视图，即由前向后投射所得的图形；物体的水平投影称为俯视图，即由上向下投影所得的图形；物体的侧面投影称为左视图，即由左向右投影所得的图形。

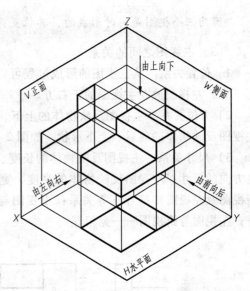

图2-6　三投影面图体系和三视图的形成

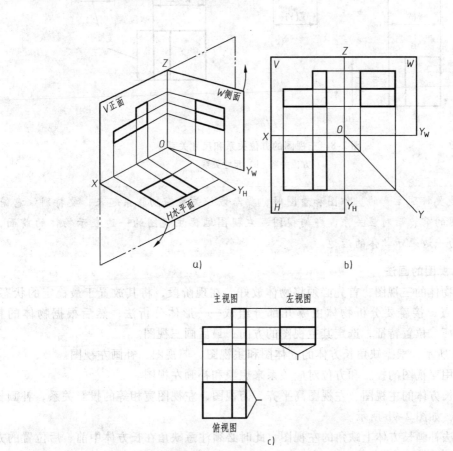

图2-7　三投影面体系的展开和三视图

因为三个视图是同时形成的，其位置同时也就固定了。

（3）三视图之间的关系

1）位置关系。从三视图的形成过程可以看出，主视图放置好后，俯视图放在主视图的正下方，左视图放在主视图的正右方。

2）方位关系。主视图反映物体的上下、左右形状；俯视图反映物体的前后、左右形状；左视图反映物体的前后、上下形状，如图 2-8a 所示。

3）尺寸关系。主视图反映物体的长度、高度方向的尺寸；俯视图反映物体的长度、宽度方向的尺寸；左视图反映物体的高度、宽度方向的尺寸，如图 2-8b 所示。也即主视图、俯视图及左视图要符合三等关系：主视图与俯视图——长对正；主视图与左视图——高平齐；左视图与俯视图——宽相等。

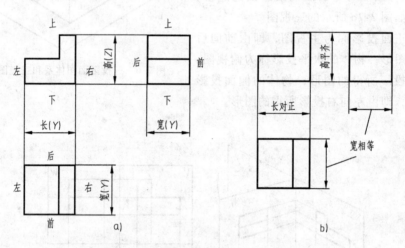

图 2-8　三视图的方位关系和尺寸关系

a）方位关系　b）尺寸关系

宽相等是要特别注意的。作图和看图时，要与方位关系密切联系起来，要特别注意俯视图和左视图的前、后对应关系，即俯视图、左视图远离主视图的一边表示物体的前面，靠近主视图的一边表示物体的后边。

3. 物体三视图的画法

要画一个物体的三视图，首先必须将物体放好，在现阶段，将其放置于最稳定的状态，即取其自然位置；接着要分析物体由哪几部分组成——形体分析法；然后根据物体的特征——形状特征、位置特征，选定其主视图的方向；最后画三视图。

如图 2-9a 所示，根据缺角长方体的立体图和主视图、俯视图，补画左视图。

分析：应用三视图的投影和方位对应关系来想象和补画左视图。

作图：按长方体的主视图、左视图高平齐，俯视图、左视图宽相等的投影关系，补画长方体的左视图，如图 2-9b 所示。

用同样方法补画长方体上缺角的左视图，此时必须注意缺角在长方体中前、后位置的方位对应关系，如图 2-9c 所示。

讨论：怎样判断长方体上各表面间的相对位置？

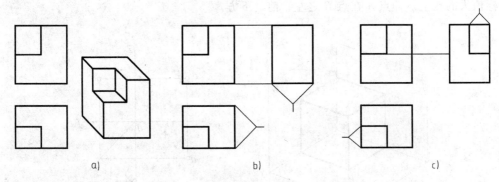

图 2-9 根据主视图、俯视图补画左视图

根据方位对应关系，主视图反映物体上、下和左、右相对位置关系，但不能反映物体的前、后方位关系。同样，俯视图不能反映物体的上、下方位关系，左视图不能反映物体的左、右方位关系。因此，如果在主视图上来判断长方体上前、后两个表面的相对位置时，必须从俯视图或左视图上找到前、后两个表面的位置，才能确定哪个表面在前，哪个表面在后，如图 2-10a 所示。同样，在俯视图上判断长方体上、下两个表面的相对位置，在左视图上判断长方体左、右两个表面的相对位置，如图 2-10b、c 所示。

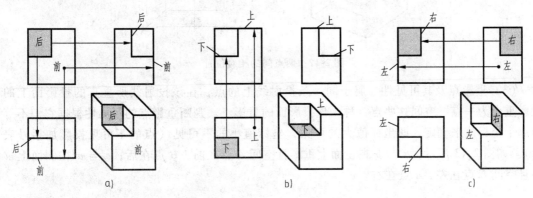

图 2-10 立体表面相对位置分析

二、点、直线及平面的投影

1. 点的投影

（1）点的三面投影 如图 2-11 所示，由空间点 A 分别引垂直于三个投影面的投射线，与投影面相交，得到 A 点的三个投影 a、a'、a''。空间点的每一个坐标值，反映了该点到某投影面的距离。

由图 2-11 可知，点的三面投影规律为：

1）点的正面投影与水平投影的连线垂直于 OX，即 $a'a$ 垂直于 X 轴。

2）点的正面投影与侧面投影的连线垂直于 OZ 轴，即 $a'a'' \perp OZ$。

3）点的水平投影与侧面投影具有相同的 Y 坐标。

（2）两点间的相对位置 在两个点的三面投影中可以看出它们的相对位置，即上下、左右、前后的位置关系。如图 2-12 所示，两点中，X 坐标值大的在左，Y 坐标值大的在前，

Z 坐标值大的在上。即点 A 在点 B 之左、前、下方。

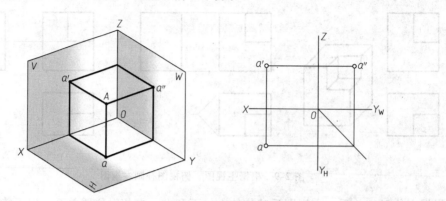

图 2-11　点的投影

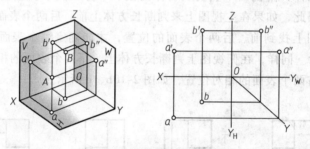

图 2-12　两点间的相对位置

（3）重影点及其可见性　属于同一条投射线上的点，在该投射线所垂直的投影面上的投影重合为一点。空间这些点，称为该投影面的重影点。判断重影点的可见性根据它们不等的那个坐标值来确定，即坐标值大的可见，坐标值小的不可见（点的不可见投影加括号表示）。如图 2-13 所示，a' 与 b' 在正面上重影且空间 A 点在前，B 点在后；c'' 与 a'' 在侧面上重影且空间 C 点在左，A 点在右。

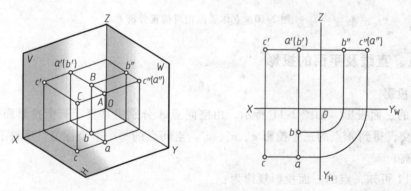

图 2-13　重影点和可见性

2. 直线的投影

（1）各种位置直线的投影　直线的投影可由属于该直线的两点的投影来确定。一般用直线段的投影来表示直线的投影，即作出直线段上两端点的投影，则该两点的同面投影连线为直线段的投影。

根据直线在投影面体系中对三个投影面所处的位置不同，可将直线分为一般位置直线、投影面平行线和投影面垂直线三类。其中，后两类统称为特殊位置直线。

1）一般位置直线。由于一般位置直线同时倾斜于三个投影面（图2-14），故有如下投影特点：

① 直线的三面投影都倾斜于投影轴，它们与投影轴的夹角，均不反映直线对投影面的倾角；

② 直线的三面投影的长度都短于实长，其投影长度与直线对各投影面的倾角有关，即 $ab = AB\cos\alpha$，$a'b' = AB\cos\beta$，$a''b'' = AB\cos\gamma$。

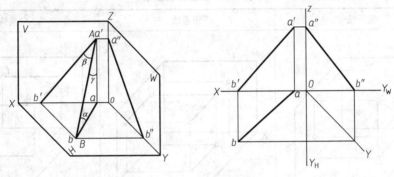

图2-14 一般位置直线的投影

2）投影面平行线。投影面平行线中，与正面平行的直线称为正平线，与水平面平行的直线称为水平线，与侧面平行的直线称为侧平线，见表2-1。

表2-1 投影面平行线

名称	水平线	正平线	侧平线
立体图			
投影图			
投影特性	1. 水平投影反映实长，与 X 轴夹角为 β，与 Y 轴夹角为 γ，反映空间直线的真实倾角 2. 正面投影平行于 X 轴 3. 侧面投影平行于 Y 轴	1. 正面投影反映实长，与 X 轴夹角为 α，与 Z 轴夹角为 γ，反映空间直线的真实倾角 2. 水平投影平行于 X 轴 3. 侧面投影平行于 Z 轴	1. 侧面投影反映实长，与 Y 轴夹角为 α，与 Z 轴夹角为 β，反映空间直线的真实倾角 2. 正面投影平行于 Z 轴 3. 水平投影平行于 Y 轴

　　正平线：直线平行于正投影面，倾斜于水平投影面和侧投影面。

　　水平线：直线平行于水平投影面，倾斜于正投影面和侧投影面。

　　侧平线：直线平行于侧投影面，倾斜于正投影面和水平投影面。

　　投影面平行线的投影特性：①在其平行的那个投影面上的投影反映实长，并反映直线与另两投影面的真实倾角；②另两个投影面上的投影平行于相应的投影轴，但不反映实长。

　　3）投影面垂直线。投影面垂直线中，与正面垂直的直线称为正垂线，与水平面垂直的直线称为铅垂线，与侧面垂直的直线称为侧垂线，见表2-2。

表 2-2　投影面垂直线

名称	铅垂线	正垂线	侧垂线
立体图	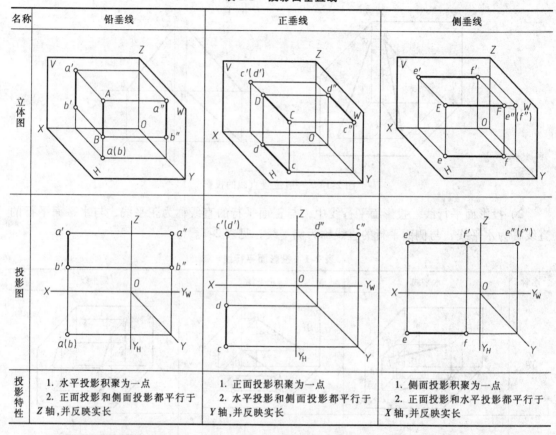		
投影图			
投影特性	1. 水平投影积聚为一点 2. 正面投影和侧面投影都平行于 Z 轴，并反映实长	1. 正面投影积聚为一点 2. 水平投影和侧面投影都平行于 Y 轴，并反映实长	1. 侧面投影积聚为一点 2. 正面投影和水平投影都平行于 X 轴，并反映实长

　　正垂线：直线垂直于正投影面，平行于水平投影面和侧投影面。

　　铅垂线：直线垂直于水平投影面，平行于正投影面和侧投影面。

　　侧垂线：直线垂直于侧投影面，平行于水平投影面和正投影面。

　　投影面垂直线的投影特性：①在其垂直的投影面上，投影积聚为一点；②另外两个投影平行于相应的投影轴，且反映线段实长。

　　（2）点与直线　点与直线的从属关系有点从属于直线和点不从属于直线两种情况。判别点在直线上的方法：

　　1）若点在直线上，则点的投影必在直线的同面投影上，并将线段的同面投影分割成与空间相同的比例，即 $AC/CB = ac/cb = a'c'/c'b' = a''c''/c''b''$，如图2-15所示。

　　2）若有一个点的投影不在直线的同面投影上，则该点必不在此直线上。

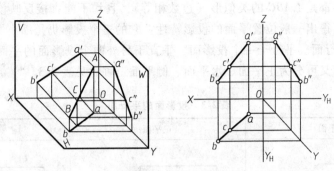

图 2-15　直线上的点

如果一点的三面投影中，有一面投影不在直线的同面投影上，则可判定该点必不在该直线上。

3. 平面的投影

（1）平面的表示法

1）用几何元素表示。用平面上的点、直线或平面图形等几何元素的投影来表示平面的投影。

2）用迹线表示。平面与投影面的交线称为平面的迹线。如图 2-16 所示，平面可以用迹线表示。迹线是投影面上的直线。

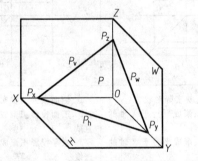
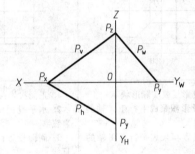

图 2-16　用迹线表示平面

（2）各种位置平面的投影　根据位置不同，可将平面分为一般位置平面、投影面垂直面和投影面平行面三类。

1）一般位置平面。如图 2-17 所示，△ABC 倾斜于正面、水平面和侧面，是一般位置平

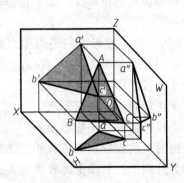
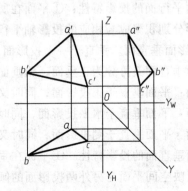

图 2-17　一般位置平面

面。它的三个投影都是△ABC的类似形（边数相等），且均不能直接反映该平面对投影面的真实倾角。由此可得出一般位置平面的投影特性：它的三个投影仍是缩小了的平面图形。

2）投影面平行面。平行于一个投影面、垂直于另外两个投影面的平面称为投影面平行面。投影面平行面又可分为正平面、水平面、侧平面三种，见表2-3。

表2-3　投影面的平行面

名称	水平面	正平面	侧平面
立体图			
投影图			
投影特性	1. 水平投影反映实际形状 2. 正面投影积聚成平行于 X 轴的直线 3. 侧面投影积聚成平行于 Y 轴的直线	1. 正面投影反映实际形状 2. 水平投影积聚成平行于 X 轴的直线 3. 侧面投影积聚成平行于 Z 轴的直线	1. 侧面投影反映实际形状 2. 正面投影积聚成平行于 Z 轴的直线 3. 水平投影积聚成平行于 Y 轴的直线

正平面：平行于正投影面，同时又垂直于水平投影面和侧投影面。

水平面：平行于水平投影面，同时又垂直于正投影面和侧投影面。

侧平面：平行于侧投影面，同时又垂直于正投影面和水平投影面。

投影面平行面的投影特性：①平面在所平行的投影面上的投影反映实形；②另两个投影面上的投影分别积聚成与相应的投影轴平行的直线。

3）投影面垂直面。垂直于一个投影面、倾斜于另外两个投影面的平面称为投影面垂直面。投影面垂直面又可分为正垂面、铅垂面、侧垂面三种，见表2-4。

正垂面：平面垂直于正投影面，同时又倾斜于水平投影面和侧投影面。

铅垂面：平面垂直于水平投影面，同时又倾斜于正投影面和侧投影面。

侧垂面：平面垂直于侧投影面，同时又倾斜于正投影面和水平投影面。

投影面垂直面的投影特性：①平面在垂直的投影面上的投影积聚成直线，该直线与投影轴的夹角反映空间平面与另外两投影面的倾角；②另外两个投影面上的投影均为平面的类似形状，且小于实形。

表 2-4 投影面垂直面

名称	铅垂面	正垂面	侧垂面
立体图	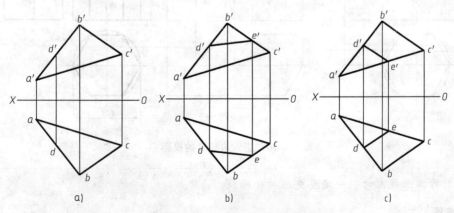		
投影图			
投影特性	1. 水平投影积聚成直线，与 X 轴夹角为 β，与 Y 轴夹角为 γ，反映平面的真实倾角 2. 正面投影和侧面投影具有类似性	1. 正面投影积聚成直线，与 X 轴夹角为 α，与 Z 轴夹角为 γ，反映平面的真实倾角 2. 水平投影和侧面投影具有类似性	1. 侧面投影积聚成直线，与 Y 轴夹角为 α，与 Z 轴夹角为 β，反映平面的真实倾角 2. 正面投影和水平投影具有类似性

（3）平面内的点和直线

1）平面内的点和直线的判断条件。点和直线在平面内的几何条件是：①点从属于平面内的任一直线，则点从属于该平面，如图 2-18a 所示；②若直线通过属于平面的两个点（图 2-18b），或通过平面内的一个点，且平行于属于该平面的任一直线（图 2-18c），则直线属于该平面。

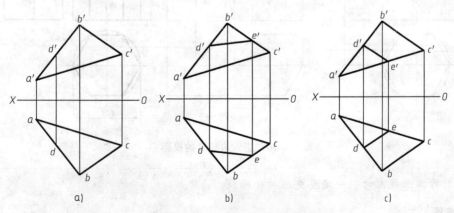

图 2-18 平面内的点和直线

a）点 D 在平面 ABC 的直线 AB 上 b）直线 DE 通过平面 ABC 上的两个点 D、E

c）直线 DE 通过平面 ABC 上的点 D，且平行于平面 ABC 上的直线 BC

2）平面上的投影面平行线。从属于平面的投影面平行线，应该满足两个条件：①该直线的投影应满足投影面平行线的投影特点；②该直线应满足直线从属于平面的几何条件。

三、平面立体的投影

如图 2-19 所示的螺栓头部的六棱柱是一个平面立体。下面以六棱柱为例介绍平面立体的三视图画法。

1. 六棱柱

（1）形体分析　六棱柱由两个底面和六个侧棱面组成，侧棱面与侧棱面的交线叫侧棱线，侧棱线相互平行，如图 2-19 所示。

（2）投影特性分析

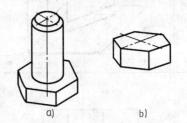

图 2-19　螺栓、六棱柱

a）螺栓　b）六棱柱

1）如图 2-19b 所示放置，棱柱的顶面和底面均为水平面，其水平投影反映实际形状，其在正面及侧面的投影积聚成一条直线。

2）前后棱面为正平面，它们的正面投影反映实际形状，水平投影及侧面投影积聚为一条直线。

3）棱柱的其他四个侧棱面均为铅垂面，其水平投影积聚为直线，正面投影和侧面投影均为类似形。侧棱线为铅垂线，水平投影积聚为一点，正面投影和侧面投影均反映实长。

4）顶面和底面的边为侧垂线或水平线，侧面投影积聚为一点或为缩短的直线，水平投影均反映实长，侧垂线正面投影亦反映实长。

（3）六棱柱的三视图画法和特点　首先画好基准线，并从反映正六棱柱形状特征的俯视图入手，如图 2-20a 所示，再画其他两视图，如图 2-20b、c 所示。俯视图反映形状特征，且具有积聚性，其他两视图外框为矩形，并反映棱面的类似形状。

（4）六棱柱的尺寸标注　图 2-20c 所示为六棱柱的尺寸标注。

（5）不同位置的棱柱体及其三视图　图 2-21 所示为不同位置的棱柱体及其三视图。

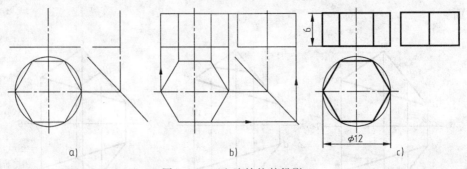

图 2-20　正六边棱柱的投影

画对称体三视图时，一定要先画对称轴线。

2. 棱锥

（1）棱锥的形体特点　棱线汇交于一点即锥顶，底为多边形，底面为该棱锥的特征面，各棱面为三角形，如图 2-22 所示。当底为正多边形，锥顶在底的中心的正上方时，各棱面

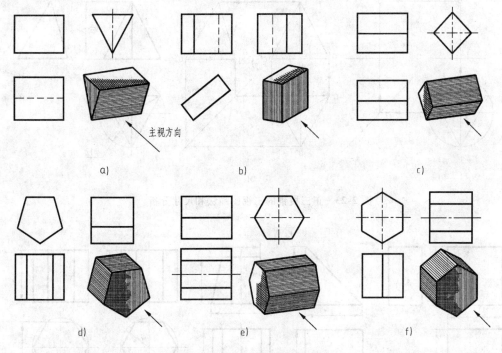

图 2-21　不同位置的棱柱体及其三视图

a）正三棱柱　b）直四棱柱　c）正四棱柱　d）正五棱柱　e）正六棱柱　f）正六棱柱

为全等三角形，这种棱锥叫做正棱锥。

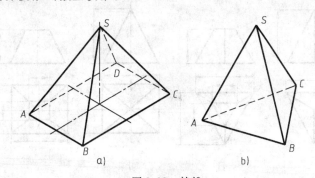

图 2-22　棱锥

a）正四棱锥　b）正三棱锥

（2）棱锥的三视图画法和特点（以正三棱锥为例）　如图 2-23 所示，首先画好基准线，并从反映正三棱锥形状特征的视图——俯视图入手，根据"长对正、高平齐、宽相等"的三等关系确定顶点 S，即 s、s'、s'' 的位置，如图 2-23a 所示。再画主视图、左视图，如图 2-23b、c 所示。正三棱锥的俯视图反映其形状特征，无积聚性，其他两视图外框为三角形，并反映棱面的类似形状。

（3）棱锥的尺寸标注　图 2-23c 所示为正三棱锥的尺寸标注。

（4）棱柱、棱锥、棱台的三视图及尺寸标注　图 2-24 所示为棱柱、棱锥、棱台的三视图和尺寸标注图例。

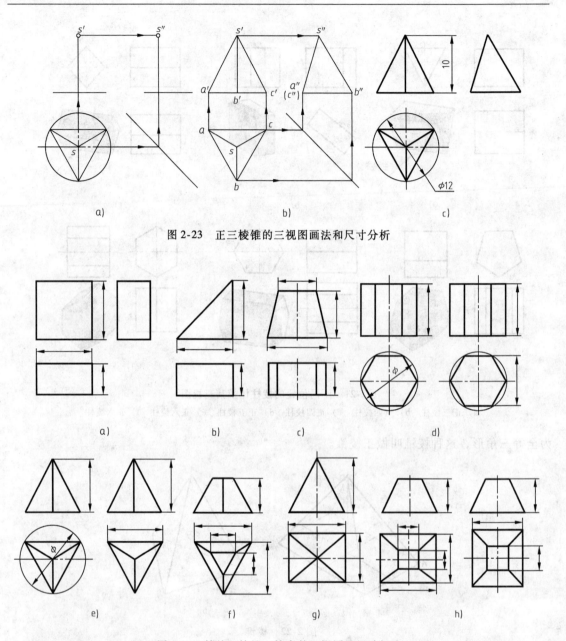

图 2-23　正三棱锥的三视图画法和尺寸分析

图 2-24　棱柱、棱锥、棱台的三视图及尺寸标注

a）四棱柱　b）三棱柱　c）四棱台　d）六棱柱　e）三棱锥　f）三棱台　g）四棱锥　h）四棱台

　　画棱锥三视图时，棱锥锥顶的位置一定要按照"长对正、高平齐、宽相等"的三等关系来确定，不能只凭观察或者感觉来画。

任务 3　绘制带切口六棱柱的三视图并标注尺寸

1. 分析

1）弄清它是一个什么样的基本体——一个正六棱柱。

2）搞清楚切口的形成——被几个平面切割而成，这些平面相对于（三个）投影面的关系（平行、垂直、倾斜），如图2-25所示。

2. 作图步骤

1）画出完整的该基本体的三视图，如图2-26a所示。

2）画出切口的特征视图，并标注切口上的一些特征点的投影——空间的点用大写的拉丁字母标注，如A、B、C等；俯视图即水平投影用小写的拉丁字母标注，如a、b、c等；主视图即正面投影用小写的拉丁字母带"′"标注，如

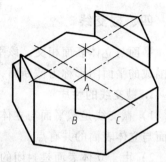

图2-25 带切槽的六棱柱立体图

a'、b'、c'等；左视图即侧面投影用小写的拉丁字母带"″"标注，如a''、b''、c''等，如图2-26a、b、c所示。注意，$a(b)$表示在俯视图中a可见，b不可见。根据切平面的形状和正投影具有的实形性、积聚性、类似性的基本特性求其他投影，并适当进行标注，以便于找点、找线，如图2-26b、c所示。

3）判别可见性，检查、整理、描深，并标注尺寸，如图2-26d所示。

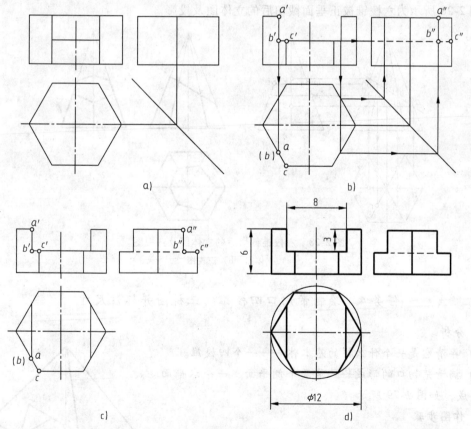

图2-26 带切槽正棱柱的三视图画法和尺寸标注

求缺口投影前，应该先想象出原先空间立体的形状，然后求缺口投影。带缺口立体标注尺寸时应先标注整体，再标注缺口。

四、截交线

平面与立体表面相交，该平面称为截平面，截平面与立体表面的交线称为截交线，截交线围成的平面图形称为截断面，如图 2-27 所示。

1. 截交线的性质

1）截交线是截平面与立体表面的共有线，截交线上的点是截平面与立体表面的共有点。

2）由于立体表面是封闭的，因此截交线一般是封闭的线框。

3）截交线的形状取决于立体表面的形状和截平面与立体的相对位置。

2. 平面立体的截交线

截平面截切平面立体所形成的交线为封闭的平面多边形，该多边形的每一条边是截平面与立体的棱面或顶、底面相交形成的交线。根据截交线的性质，求截交线可归结为求截平面与立体表面共有点、共有线的问题。

图 2-28 所示为六棱锥被正垂面截切后的立体图及投影。

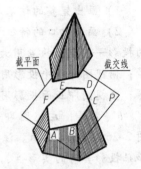

图 2-27　截交线与截断面

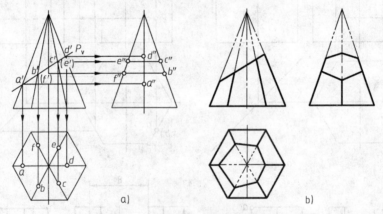

图 2-28　六棱锥截切后的立体图及三视图

a）立体图　b）三视图

任务 4　绘制带切口四棱锥的三视图并标注尺寸

1. 分析

1）弄清它是一个什么样的基本体——一个四棱锥。

2）搞清楚切口的形成——被两个侧平面、一个水平面切割而成，如图 2-29 所示。

2. 作图步骤

1）画出完整的该基本体的三视图，如图 2-30a 所示。

2）画出切口的特征视图，并标注切口上的一些特征点的投影，如图 2-30b 所示；根据切平面的形状和正投影的基本特性，先求其各棱面或棱线上的点的投影，并适当进

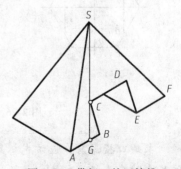

图 2-29　带切口的四棱锥

行标注，以便于找点、找线的作图；根据其图形的对称性作出其他的点、直线的投影，如图 2-30c、d、e 所示。

3）判别可见性，检查，整理，描深，并标注尺寸，如图 2-30f、g、h 所示。

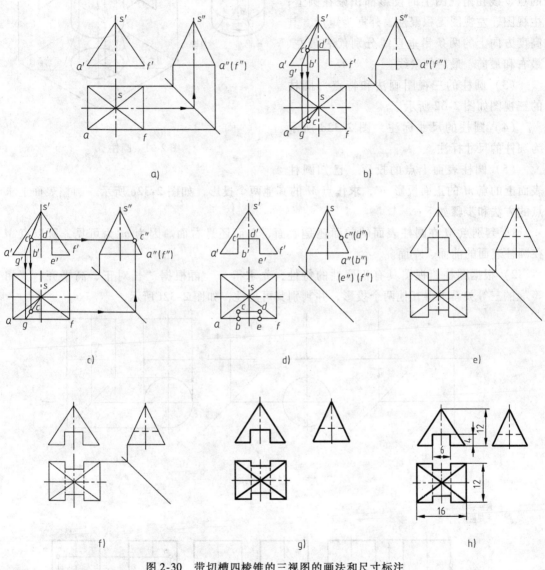

图 2-30　带切槽四棱锥的三视图的画法和尺寸标注

五、曲面立体的投影

1. 圆柱体

（1）形体分析　如图 2-31 所示，一个长方形绕其一条边旋转一周的轨迹就是一个圆柱体简称圆柱。其中，形成圆柱面的边叫做母线，母线上任意一个点的轨迹为一个圆，这个圆叫做纬线圆（图 2-31a）；母线所在的任意一个位置的线叫做素线（图 2-31b）。

（2）投影特性分析　首先画好基准线，并从反映圆柱形状特征的视图——俯视图入手，如图 2-32a 所示；根据"长对正、高平齐、宽相等"的三等关系再画主视图、左视图，如图 2-32b、c 所示。投影为圆的俯视图反映形状特征，并具有积聚性，即圆柱柱面上的点、线在俯视图上的投影都积聚在圆上；主视图、左视图无积聚性，外框为矩形，其高度方向上的两条铅垂直线分别代表最左、最右和最前、最后的素线。

（3）圆柱的三视图画法和特点　圆柱的三视图如图 2-32 所示。

（4）圆柱的尺寸标注　图 2-32d 所示为圆柱的尺寸标注。

（5）圆柱表面上点的投影　已知圆柱表面上的点 M 的正面投影 m'，求作点 M 的其他两个投影，如图 2-32e 所示。圆柱表面上求点的方法和步骤如下：

1）判别点 M 在圆柱表面的前面还是后面、左面还是右面。因为 m' 为可见，所以点 M 在圆柱表面的前面、左面。

2）根据圆柱俯视图具有积聚性的特性，先求得 m，再根据"长对正、高平齐、宽相等"的三等关系求得其他两个投影，并判别其可见性，如图 2-32f 所示。

图 2-31　圆柱

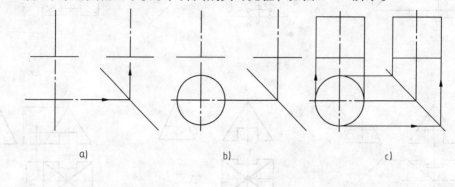

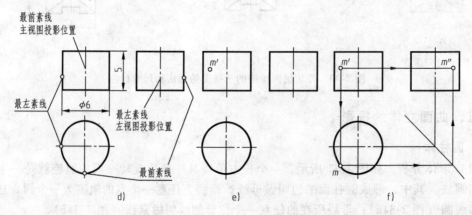

图 2-32　圆柱的三视图的画法、尺寸标注及表面上点的投影作图方法

画圆柱的三视图时，一般先画投影具有积聚性的圆，再根据投影规律和圆柱的高度完成其他两个视图。圆柱主视图、左视图形状相同，但在空间代表的是不同位置的素线。

2. 圆锥体

（1）形体分析　一个直角三角形绕其中一条直角边（此直角边为轴线）旋转一周，其轨迹就是一个圆锥体，简称圆锥。其中，斜边的轨迹为圆锥的锥面，另一条直角边的轨迹为圆锥的锥底。斜边为母线，母线与轴线的交点为锥顶，母线上的任意一点的轨迹是一个圆，该圆叫做纬线圆。很显然，各纬线圆的大小不一样，离锥顶远的纬线圆大，离锥顶近的纬线圆小，如图 2-33a 所示。

（2）投影特性分析　首先画好基准线，并从反映圆锥形状特征的视图——俯视图入手，如图 2-34a、b 所示；再根据"长对正、高平齐、宽相等"的三等关系画主视图、左视图，如图 2-34c 所示。投影为圆的俯视图反映形状特征，无积聚性，即圆锥锥面上的点、线在俯视图上的投影都在圆内（图 2-34f）；主视图、左视图形状相同，外框为等腰三角形，其两条腰分别代表最左、最右和最前、最后的素线，如图 2-33b 所示。

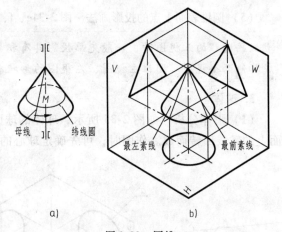

图 2-33　圆锥

（3）圆锥的三视图画法和特点　圆锥三视图如图 2-34 所示。

（4）圆锥的尺寸标注（图 2-34d）。

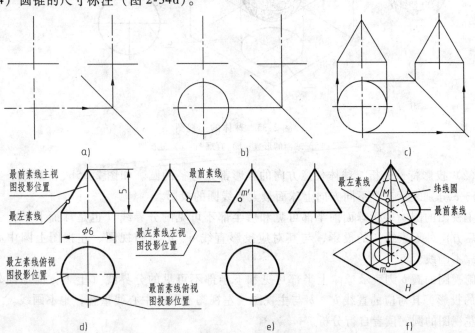

图 2-34　圆锥的三视图画法、尺寸标注及表面上点的投影作图方法

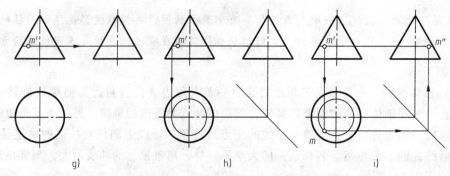

图 2-34　圆锥的三视图画法、尺寸标注及表面上点的投影作图方法（续）

（5）圆锥表面上点的投影画法　图 2-34e、f、g、h、i 所示为圆锥表面上某点的投影画法。

画圆锥的三视图时，一般先画投影具有积聚性的圆，再根据投影规律和圆锥的高度完成其他两个视图。圆锥主视图、左视图的形状相同，但在空间代表的是不同位置的素线。

3. 球体

（1）形体分析　如图 2-35 所示，球体的球面是由一个圆母线绕其通过圆心且在同一平面上的轴线回转而成。作图时，可先确定球心的三个投影，再画出三个与球等直径的圆。

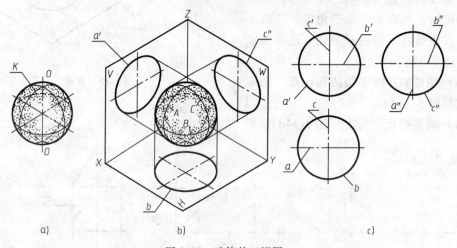

图 2-35　球体的三视图
a）圆球面的形成　b）直观图　c）三视图

（2）投影特性分析　球体任意方向的投影都是等径的圆。如图 2-35b、c 所示，三个圆 a'、b、c'' 分别表示三个不同方向上球面最大素线圆的投影。

主视图的圆 a' 表示球面前半部可见和后半部不可见的分界线（也是球面上平行于 V 面的前后方向外形素线）的投影，与其对应投影直线 a、a'' 与俯视图、左视图上圆中心线重叠，故不画线。

俯视图的圆 b 则表示球体上半部可见和下半部不可见的分界线（上下方向球面外形素线）的投影，其对应的直线 b'、b'' 与主视图、左视图上圆的中心线重叠，也不画线。

左视图的圆 c'' 读者自行分析。

（3）球体的三视图画法和特点　图 2-35c 所示为球体的三视图。

（4）球体的尺寸标注 图 2-43d 所示。

（5）球体表面上点的投影 由于在圆球面上不可能引直线，以及任何位置平面截切圆球都是圆。因此，圆球面上点的投影，可用过已知点在球面上作平行投影面的辅助圆（纬线圆）方法求得。

球体主视图、俯视图、左视图形状相同，但其在空间代表的是不同位置的素线。

1）球体轮廓线上点的投影。如图 2-36a 所示，点 M 处在前、后两个半圆球的分界线上，由点 m' 直接求得点 m、m''，如图 2-36c 所示。点 N 处于上、下半个圆球分界线上，由点 n 求得点 n'、n''。其投影分析如图 2-36c 所示。

点 N 从属于右半球面上，所以点 n'' 为不可见，其他点均可见。

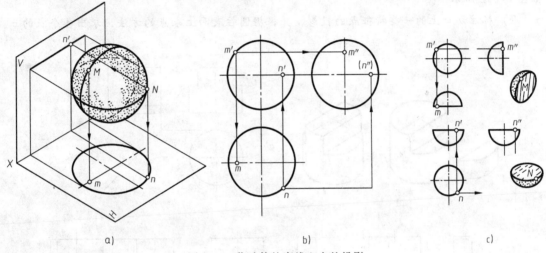

图 2-36 作球体轮廓线上点的投影
a）直观图 b）作图步骤 c）投影分析

2）球面上点的投影。过球面上点 M 作一水平纬线圆，正面投影积聚为 $e'f'$ 直线，水平投影的圆直径等于 ef。因为点 M 从属与该圆，所以由点 m'，求得点 m，再由 m'、m 求得点 m''。由于点 M 在左上半球上，所以点 m、m'' 均为可见，如图 2-37 所示。

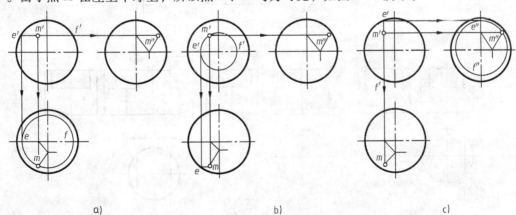

图 2-37 球面上点的投影
a）作水平辅助圆取点 b）作正平辅助圆取点 c）作侧平辅助圆取点

任务5　绘制带切口圆柱的三视图并标注尺寸

1. 分析

1）弄清楚它是一个什么样的基本体——一个圆柱（图2-38）。

2）搞清楚切口的形成——由一个水平面和一个侧平面切割而成的（图2-39a）。因为切口是左右对称的，只要搞清楚一边的情况，另一边就可以解决了。

2. 作图步骤

1）画出完整的圆柱的三视图和切口的特征视图，如图2-39b所示。

2）标注切口上的一些特征点的投影，并根据圆柱表面上求点的方法，求出各个点的三

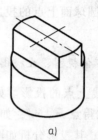
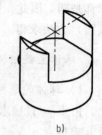

图2-38　带切口圆柱

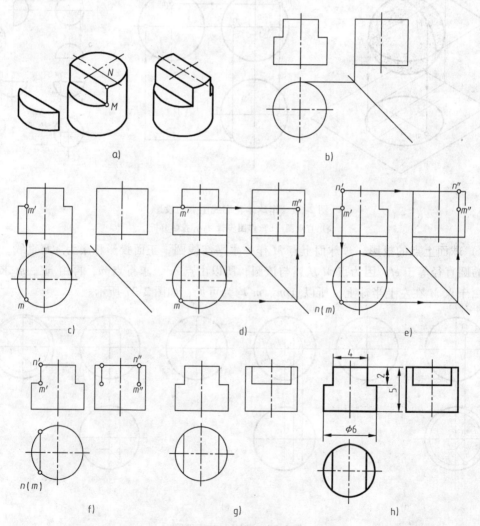

图2-39　带切口圆柱的三视图画法和尺寸标注

面投影；再依据空间点的连接方式，将各点连接起来；判别可见性，并检查、整理，如图 2-39c、d、e、f、g 所示。

3）加深并标注尺寸，如图 2-39h 所示。

切口的作图应该是一个一个截面地作，并且要把每个截面的空间形状搞清楚后再作。

图 2-38b 所示带切槽圆柱的分析方法可参照图 2-38a 所示的带切口圆柱分析方法，作图步骤如图 2-40 所示。

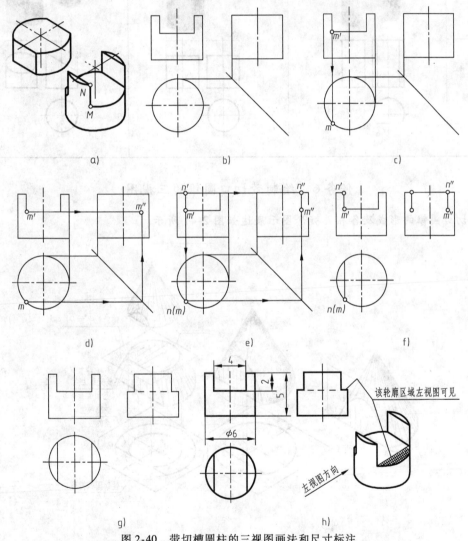

图 2-40 带切槽圆柱的三视图画法和尺寸标注

任务 8 中的切口和切槽是圆柱的基本截切形式。作图时注意一次求作一个截面。

六、曲面立体的截交线和尺寸标注

1. 圆柱的截交线

由于截平面与圆柱的相对位置不同，截交线的形状也不同，可分为三种情况，见表 2-5。

表 2-5　圆柱的截交线

截平面位置	平行于轴线	垂直于轴线	倾斜于轴线
截交线形状	矩形	圆	椭圆
空间形状			
投影图			

任务6　绘制带切口圆锥的三视图

带切口圆锥的形成及各相关概念图示表达如图 2-41 所示。

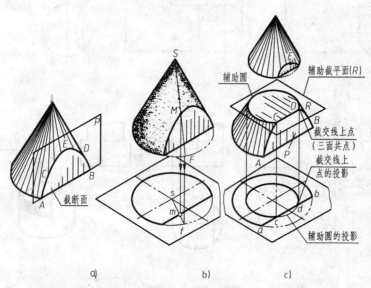

图 2-41　截平面的位置为与轴线平行的圆锥截交线

1. 分析

1）清楚它是一个什么样的基本体——一个圆锥。

2）搞清楚切口的形成——用一个平行于轴线的截平面截切圆锥。

2. 作图步骤

1）画出完整的圆锥的三视图，标注切口上的三个特征点 *A*、*B*、*E* 的三面投影，如图 2-42a 所示。

2）根据圆锥表面上求点的方法，求出两个一般点 C、D 的三面投影；再依据空间点的连接方式，将各点连接起来；判别可见性，并检查、整理、描深，如图 2-42b、c 所示。

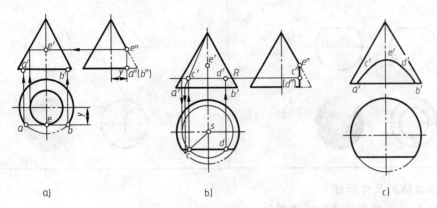

图 2-42　截平面的位置为与轴线平行的圆锥截交线的作图步骤

> 由于圆锥投影为圆的视图没有积聚性，所以圆锥表面上的图线要根据从属性来求作。

2. 圆锥的截交线

由于截平面与圆锥的相对位置不同，截交线的形状也不同，可分为五种情况，见表 2-6。

表 2-6　圆锥的截交线

截平面的位置	过锥顶	与轴线垂直	倾斜于轴线且 $\theta > \Phi$	与轴线平行且 $\theta > \Phi$	平行某一素线
截交线的形状	三角形	圆	椭圆	双曲线和直线段	抛物线和直线段
空间形体					
投影图					

3. 球的截交线

平面与球的截交线是圆。当截平面平行于投影面时，截交线在该投影面上的投影反映实形，另两个投影积聚成直线；当截平面倾斜于投影面时，截交线在该投影面上的投影为椭圆，见表2-7。

表 2-7　球的截交线

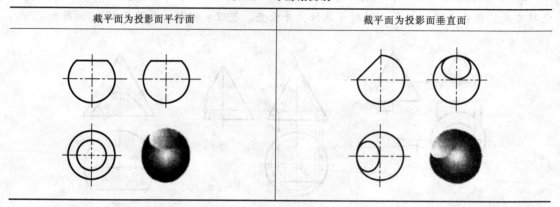

截平面为投影面平行面	截平面为投影面垂直面

4. 曲面立体的尺寸标注

图 2-43 所示为曲面立体的标注图例。

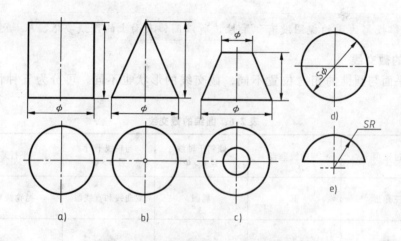

图 2-43　回转体的尺寸标注

a）圆柱体　b）圆锥　c）圆台　d）球体　e）球冠

任务7　绘制带切口半球体（螺钉头部）的三视图

1. 分析

1）清楚它是一个什么样的基本体——球体，并且是半球体。

2）搞清楚切口的形成——由一个水平面、两个侧平面切割而成，如图 2-44 所示。

2. 作图方法和步骤

1）作出水平面的俯视图，再作出其左视图，如图 2-45a、b、c 所示。

图 2-44　半圆头螺钉头部

a）
b）
主视图投射方向

2）作出侧平面的左视图，再作出其俯视图，如图 2-45d 所示。

3）检查、整理、描深，并标注尺寸，如图 2-45e、f 所示。

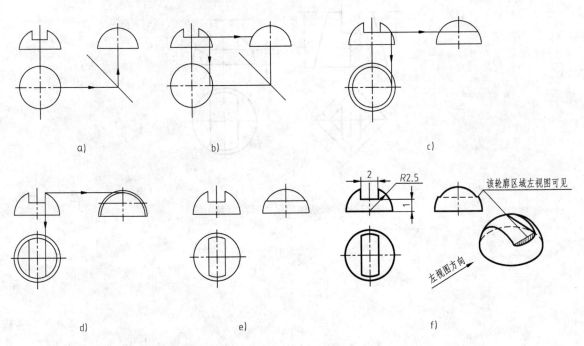

图 2-45　半圆头螺钉头部的三视图画法和尺寸标注

请注意纬线圆半径的寻找方法。

5. 截断体的尺寸标注

图 2-46 所示为各种截断体的尺寸标注示例。

标注截断体的尺寸时，除了标注基本体的定形尺寸外，还应标注确定截断面的定位尺寸，并应把定位尺寸集中标注在反映切口、凹槽的特征视图上。当截断面位置确定后，截交线随之确定，所以截交线上不能再标注尺寸。

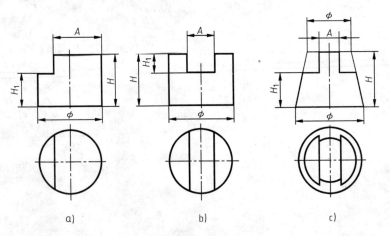

图 2-46　截断体的尺寸标注

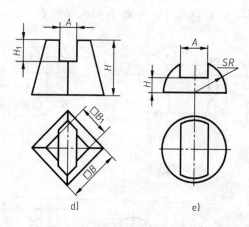

图 2-46　截断体的尺寸标注（续）

第三单元 组合体的制图

【知识点】 形体分析法、相贯线、组合体三视图的画法及尺寸标注、看组合体视图的方法、轴测图。

【能力目标】 本单元内容以组合体为载体，主要通过介绍机床尾座顶尖、三通管、轴承座等三视图绘制中涉及的知识点，掌握应用形体分析法及线面分析法解决组合体的画图、读图及尺寸标注等问题，为以后零件图和装配图的学习奠定基础。

【学习导读】 在掌握好基本几何体三视图画法和尺寸标注基础上，如果能将一部机器或一个零件分解成若干个基本体，那就能很方便地了解该零件或机器了。其实，这也是分析各种工程项目的一个有效方法。

任务8 绘制机床尾座顶尖的投影图

如图3-1所示，机床尾座顶尖是由圆台、圆柱和圆锥组合而成的。

1. 结构分析

图3-1所示的顶尖头部由同轴（侧垂线）的圆锥、圆柱和圆台被水平面和正垂面切割而成。平面与圆锥面的交线为双曲线，与圆柱面的交线为两条侧垂线（AR、CQ）。正垂截面与圆柱的交线为椭圆弧。两截面的交线 RQ 为正垂线。由于两截面的正面投影以及水平截面和圆柱的侧面投影都有积聚性，所以只要作出截交线以及两截平面交线的水平投影即可。

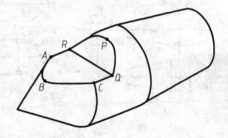

图3-1 机床尾座顶尖

2. 视图分析

1) 画出同轴回转体完整的三视图，如图3-2a所示。

2) 画切口的特征视图。在主视图上作出水平截面和正垂截面有积聚性的正面投影，如图3-2b所示。

3) 作水平截面与圆锥面的交线（双曲线）。先找特殊点 A、B、C 的三面投影（图3-2c），再求一般点 Ⅰ、Ⅱ的三面投影（图3-2d），然后光滑连接其水平面各投影（图3-2e）。

4) 按投影关系作出水平截面与圆柱的交线 AR、CQ 的水平投影 ar、cq，以及两截面交线 RQ 的水平投影 rq 并光滑连接，图3-2f所示。

5) 正垂面与圆柱的交线（椭圆弧）的正面投影积聚成直线，侧面投影积聚为圆。由 p' 作出 p 和 p''，如图3-2g所示。

6) 求一般点。在椭圆弧正面投影的适当位置定出 $3'$、$4'$，直接作出侧面投影 $3''$、$4''$，再由 $3''$、$4''$ 及 $3'$、$4'$ 作出 3、4，依次光滑连接 $q4p3c$ 即为正垂面与圆柱交线的水平投影，如图3-2h、i、j所示。

7) 作图结果如图3-2k所示。注意俯视图中圆锥与圆柱交接处的一段虚线不要遗漏。

3. 尺寸标注

尺寸标注如图 3-2k 所示。

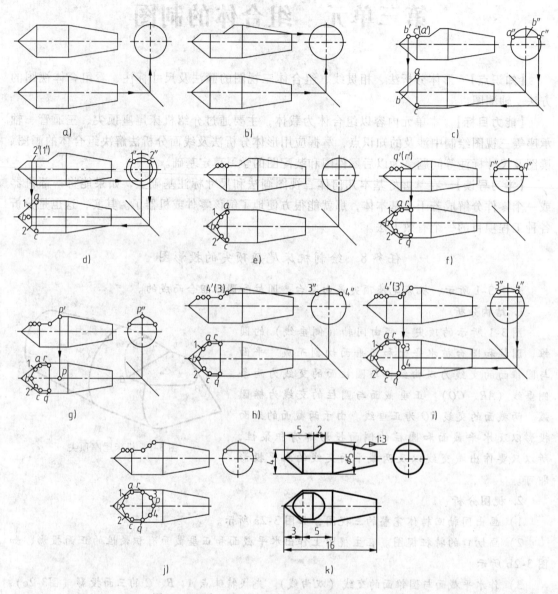

图 3-2　机床尾座顶尖的投影作图过程和尺寸标注

a）先画完整顶尖　b）再画切口特征视图　c）先求特殊点　d）再求一般点　e）光滑连线　f）求圆柱部分矩形
特殊点　g）求特殊点　h）求一般点　i）据宽相等找到一般点的水平投影　j）光滑连接　k）尺寸标注

> 作图时从有积聚性的视图入手，分别将每一部分的投影求出。一次求一部分的投影。

一、组合体截交线

组合回转体是由若干个基本回转体组成，作图时首先要分析各部分的曲面性质，然后按照各部分的几何特性确定其截交线的形状，再分别作出其投影。

任务9　绘制三通管的投影图

1. 结构分析

如图 3-3 所示，该相贯体由一个直立圆筒与一个水平半圆筒正交而成，内外表面都有交线。

2. 视图分析及作图过程

1）先画出直立圆筒和水平半圆筒的俯视图、左视图，如图 3-4a 所示。

2）按照长对正、高平齐的原理，对应画出直立圆筒和水平半圆筒的主视图。

3）从俯视图或左视图可以看出，直立圆筒的外径和水平半圆筒的外径相等，外表面的相贯线即为两条平面

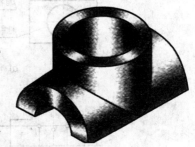

图 3-3　三通管

曲线（椭圆），其水平投影和侧面投影都积聚在它们所在的圆柱面有积聚性的投影上，而正面投影为两段直线。直立圆筒的内孔和水平半圆筒的内孔不等径，内表面的相贯线为两段空间曲线，水平投影和侧面投影也都积聚在圆柱孔有积聚性的投影上，正面投影为两段曲线，如图 3-4b 所示。

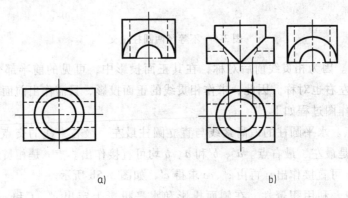

a)　　　　　　　　　　　　　b)

图 3-4　三通管三视图

二、相贯线

1. 相贯线的概念

两回转体相交，最常见的是圆柱与圆柱相交、圆锥与圆柱相交以及圆柱与圆球相交，其交线称为相贯线。相贯线的形状取决于两回转体各自的形状、大小和相对位置，一般情况下为闭合的空间曲线。两回转体的相贯线，实际上是两回转体表面上一系列共有点的连线，求作共有点的方法通常采用表面取点法（积聚性法）和辅助平面法。

2. 不等径两圆柱的正交相贯线

如图 3-5b 所示，两圆柱轴线垂直相交称为正交。当直立圆柱轴线为铅垂线、水平圆柱轴线为侧垂线时，直立圆柱面的水平投影和水平圆柱面的侧面投影都具有积聚性，所以相贯线的水平投影和侧面投影分别积聚在它们的圆周上（图 3-5a）。因此，只要根据已知的水平和侧面投影求作相贯线的正面投影即可。两不等径圆柱正交形成的相贯线为空间曲线，如图

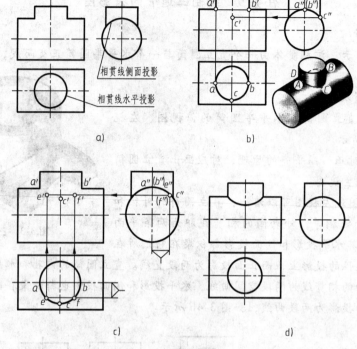

图 3-5　不等径两圆柱正交

3-5b 立体图所示。因为相贯线前后对称，在其正面投影中，可见的前半部分与不可见的后半部分重合，且左右也对称。因此，求作相贯线的正面投影，只需作出前面的一半。

视图分析和作图过程如下：

1）求特殊点。水平圆柱的最高素线与直立圆柱最左、最右素线的交点 A、B 是相贯线上的最高点，也是最左、最右点。a'、b' 和 a、b 均可直接作出。点 c 是相贯线上最低点，也是最前点，c'' 和 c 可直接作出，再由 c''、c 求得 c'，如图 3-5b 所示。

2）求中间点。利用积聚性，在侧面投影和水平投影上定出 e''、f'' 和 e、f，再作出 e'、f'，如图 3-5c 所示。

3）光滑连接 $a'e'c'f'b'$，即为相贯线的正面投影，作图结果如图 3-5d 所示。

3. 圆柱穿孔后的相贯线

如图 3-6a 所示，若在水平圆柱上穿孔，就出现了圆柱外表面与圆柱孔内表面的相贯线。这种相贯线可以看成是直立圆柱与水平圆柱相贯后，再把直立圆柱抽去而形成。如图 3-6b 所示，若要求作两圆柱孔内表面的相贯线，作图方法与求作两圆柱外表面相贯线的方法相同。

4. 两圆柱正交且随直径变化时相贯线变化的趋势

如图 3-7 所示，当正交两圆柱的相对位置不变，而相对大小发生变化时，相贯线的形状和位置也将随之变化。

1）当 $\phi_1 > \phi$ 时，相贯线的正面投影为上下对称的曲线，如图 3-7a 所示。

2）当 $\phi_1 = \phi$ 时，相贯线在空间为两个相交的椭圆，其正面投影为两条相交的直线，如图 3-7b 所示。

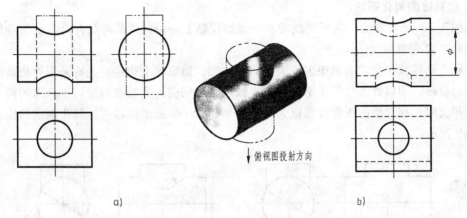

图 3-6 圆柱穿孔后相贯线的投影

3）当 $\phi_1 < \phi$ 时，相贯线的正面投影为左右对称的曲线，如图 3-7c 所示。

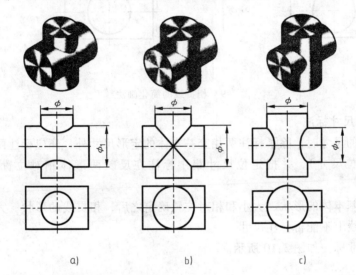

图 3-7 两圆柱正交时相贯线随直径变化的趋势

5. 相贯线的特殊情况

两回转体相交，在一般情况下，相贯线为空间曲线；但在特殊情况下，相贯线为平面曲线或直线。

1）如图 3-8a 所示，圆柱与圆球同轴正交：相贯线为圆，正面投影为直线，水平投影为圆。

2）如图 3-8b 所示，圆锥与圆球同轴正交：相贯线为圆，正面投影为直线，水平投影为圆。

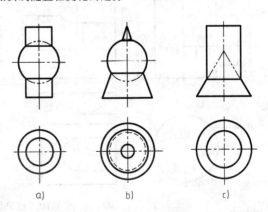

图 3-8 相贯线的特殊情况

3）如图 3-8c 所示，圆柱与圆锥同轴正交：相贯线为圆，正面投影为直线，水平投影为圆。

6. 相贯线的简化画法

从图 3-7a、c 可看出，在相贯线的非积聚性投影上，相贯线的弯曲方向总是朝着较大圆柱的轴线方向弯曲。

工程上两圆柱正交的实例很多，为了简化作图，国家标准规定，允许采用简化画法作出相贯线的投影，即以圆弧代替非圆曲线。当轴线垂直相交，且轴线均平行于正面的两个不等径圆柱相交时，相贯线的正面投影以大圆柱的半径为半径画圆弧即可。简化画法的作图过程如图 3-9 所示。

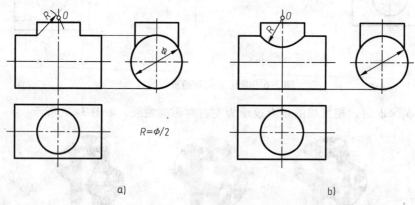

图 3-9　相贯线的简化画法

7. 相贯体的尺寸标注

标注相贯体的尺寸时，除了标注两相交基本体的定形尺寸外，还应标注两个基本体的相对位置尺寸（定位尺寸），并把定位尺寸集中标注在反映两形体相对位置明显的特征视图上。

当两相交的基本体的形状、大小和相对位置确定之后，相贯线的形状、大小及位置自然确定，所以相贯线上不能再标注尺寸。

相贯体的尺寸标注如图 3-10 所示。

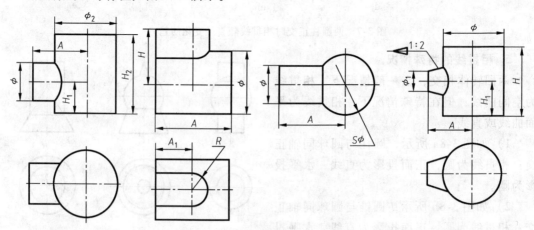

图 3-10　相贯体的尺寸标注

8. 相贯线的综合举例

图 3-11 所示为相贯线综合举例示图。分析该相贯体是由几个圆柱组成的零件，哪几个

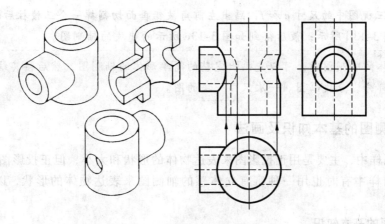

图 3-11　相贯线的综合举例

圆柱之间的表面相交了，有几条相贯线，并判别其可见性。

任务 10　绘制垫块的轴测图

1. 结构分析

垫块可以看成一个长方体用正垂面切去左上角再用铅垂面切去左前角而成，如图 3-12 所示。

2. 作图步骤

1）在正投影图中选择直角坐标系，如图 3-13a 所示。

2）画轴测轴。按尺寸 a、b、h 画出尚未切割时的长方体的正等轴测图，如图 3-13b 所示。

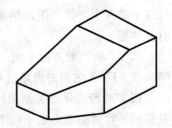

图 3-12　垫块的轴测图

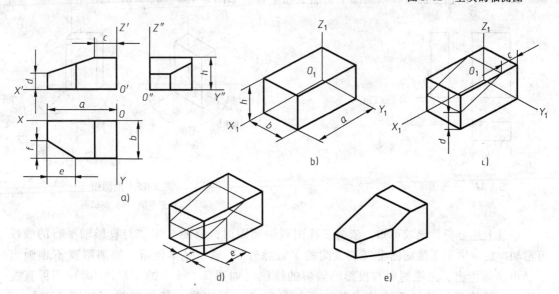

图 3-13　垫块的正等测图的作图过程

3）根据三视图中的尺寸 c 和 d，画出长方体左上角被正垂面切割掉一个三棱柱后的正等轴测图，如图 3-13c 所示。

4）根据三视图中的尺寸 e 和 f，画出左前角被铅垂面切割掉一个三棱柱后的垫块的正等轴测图，如图 3-13d 所示；最后得到如图 3-13e 所示的垫块的轴测图。

画切割体的轴测图时，可以先画出完整的简单形体的轴测图，然后按其结构特点逐个切去多余的部分，分块画图。一次只画一块的图。

三、轴测图的基本知识及画法

在机械图样中，主要是用正投影图来表达物体的形状和大小，但正投影图缺乏立体感，因此在机械图样中有时也用一种富有立体感的轴测图来表达物体的形状，以帮助人们看懂图。

1. 轴测图的基本知识

图 3-14 所示为一个四棱柱的三视图。图 3-15 所示为同一个四棱柱的两种轴测图（图 3-15a 所示为正等轴测图，简称正等测；图 3-15b 所示为斜二等轴测图，简称斜二测）。

通过比较不难发现，三视图与轴测图是有一定关系的，其主要异同点如下：

（1）图形的数量不同　三视图是多面投影图，每个视图只能反映物体长、宽、高三个尺度中的两个。轴测图是单面投影图，它能同时反映出物体长、宽、高的三个尺度，所以具有立体感。

（2）"轴"的方向不同　视图中的三根投影轴 X、Y、Z 互相垂直；轴测图中的三根轴测轴 X、Y、Z 之间的夹角（轴间角）如图 3-15a、b 所示。

（3）线段的平行关系相同　物体上平行于坐标轴的线段，在三视图中仍平行于相应的投影轴，在轴测图中也平行于相应的轴测轴（图 3-14、图 3-15）；物体上互相平行的线段，（如 $AB /\!/ CD$），在三视图和轴测图中仍然互相平行，如图 3-16a、b、c 所示。

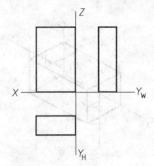

图 3-14　三视图

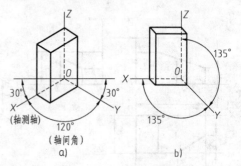

图 3-15　轴测图
a）正等测　b）斜二测

通过上述分析、比较可知，依据三视图画轴测图时，只要抓住"与投影轴平行的线段可沿轴向对应取至于轴测图中（斜二测的 Y 轴除外）"这一基本性质，轴测图就不难画出了。但必须指出，三视图中与投影轴倾斜的线段（如图 3-16a 中的 $a'b'$、$c'd'$）不可直接量取，只能依据该斜线两个端点的坐标，先定点，再连线，其作图过程如图 3-16b、c 所示。

2. 平面立体轴测图的画法

画轴测图常用坐标法。作图时，先按坐标画出物体上各点的轴测图，再由点连成线，由

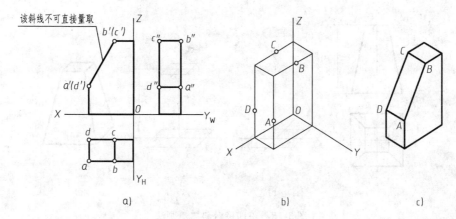

图 3-16 物体上"斜线"的轴测图画法

a）三视图 b）先定点 c）再连线

线连成面，从而绘出物体的轴测图。

（1）正等测画法 如图 3-17a 所示，正六棱柱的顶面和底面都是处于水平位置的正六边形。在轴测图中，顶面可见，底面不可见，为了减少不必要的作图，因此取顶面的中心 O 为原点，从顶面开始画。作图步骤如图 3-17 所示：

1）在视图上定坐标原点及坐标轴（图 3-17a）。

2）画轴测轴，根据尺寸 S、D 定出 I、II、III、IV 点（图 3-17b）。

3）过 I、II 作直线平行于 OX，并在所作两直线上各取 $a/2$，连接各顶点（图 3-17c）。

4）过各顶点向下画侧棱，取尺寸 H 画底面各边，描深即完成全图（图 3-17d）。

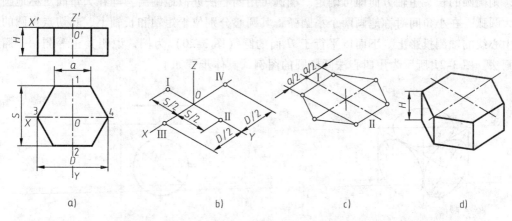

图 3-17 正六棱柱的正等测作图步骤

（2）斜二测画法 根据正四棱台的主、俯视图（图 3-18a），画其斜二测图。

画斜二测时应注意，Z 轴仍为铅垂线，X 轴为水平线，Y 轴与水平线呈 45°角，且宽度尺寸应取其一半。具体作图步骤如图 3-18 所示。

1）在视图上选好坐标轴（图 3-18a）。

2）画轴测轴，作底面的轴测图（图 3-18b）。

3）在 Z 轴上量取锥台高度 h，作顶面轴测图（图 3-18c）。

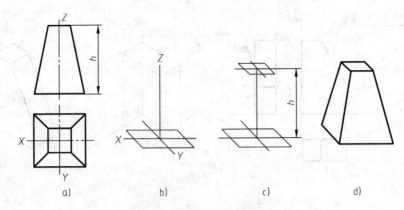

图 3-18　正四棱台斜二侧画法

4）连线并描深（细虚线不画）（图 3-18d）。

从上述两例的作图过程中可知，画平面立体的轴测图时，一般总是先画出物体上一个主要表面的轴测图。通常是先画顶面再画底面；有时需要先画前面再画后面，或者先画左面再画右面。这样，往往可避免多画不必要的作图线。

3. 回转体轴测图的画法

（1）正等测画法

1）圆的正等测画法。平行于各坐标面的圆的正等测都是椭圆，如图 3-19 所示。它们除了长、短轴的方向不同外，其画法都是一样的。作圆的正等测时，必须弄清椭圆的长、短轴方向。如图 3-19 所示，椭圆的长、短轴分别与圆的两条中心线的轴测投影的小角、大角的平分线重合。因此，作图时必须搞清圆平行于哪个坐标面，再画出该圆两条中心线的轴测投影，则椭圆的长、短轴方向即可确定。椭圆可用四心法近似地画出，即在大角间对称地画两个大圆弧，在小角间对称地画两个小圆弧，其圆心分别位于短轴和长轴上，其切点在圆的两条中心线的轴测投影上。下面以平行于 H 面的圆（图 3-20）为例，说明其正等测——椭圆的画法。图 3-21 所示为用四心法画椭圆的图例，具体步骤如下：

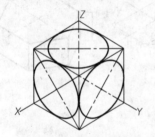

图 3-19　圆的正等测画法

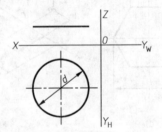

图 3-20　平行于 H 面的圆的两面投影

① 画圆的两条中心线的轴测投影（轴测轴）（图 3-21a）。

② 画大、小角的角平分线（图 3-21b）。

③ 以交点为圆心，以 $d/2$ 为半径画弧，在轴测轴上取切点 1、2、4、5，在短轴上取圆心 3、6（图 3-21c）。

④ 连接点 2、6 和点 4、6，交长轴于 Ⅰ、Ⅱ 两点（图 3-21d）。

⑤ 以点 3、6 为圆心，以线段 35 为半径画两大弧，以 Ⅰ、Ⅱ 为圆心，以线段 Ⅰ1 为半径

画两小弧即得。

2）圆柱的正等测画法。其作图步骤示例如图 3-22 所示，具体如下所述。

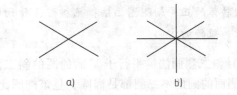

① 根据圆柱的视图（图 3-22a），画轴测轴，定左、右底圆中心，画两底椭圆，如图 3-22b 所示。

② 作出两边轮廓线，注意切点位置，如图 3-22c 所示。

③ 描深，完成全图，如图 3-22d 所示。

3）圆台的正等测画法。其作图步骤示例如图 3-23 所示，具体如下所述。

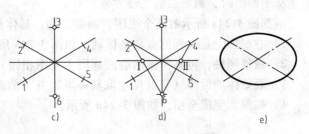

图 3-21　四心圆法画椭圆

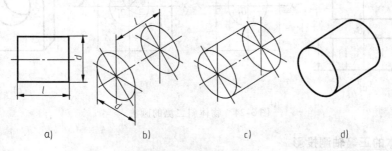

图 3-22　圆柱正等测画法

① 根据圆台的两视图（图 3-23a）画轴测轴，定上、下底圆中心，画上、下底椭圆，如图 3-23b 所示。

② 画两椭圆公切线（注意切点位置），如图 3-23c 所示。

③ 描深，完成全图，如图 3-23d 所示。

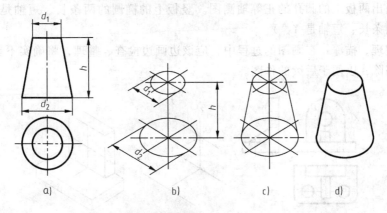

图 3-23　圆台正等测画法

a）圆台的两视图　b）画轴测轴，定上、下底圆中心，画上、下底椭圆

c）画两椭圆公切线（注意切点位置）　d）描深，完成全图

回转体的正等轴测图画法：画椭圆，作切线。要正确画出椭圆，就要正确确定椭圆的两个长、短轴的方向。

（2）斜二测画法　平行于 V 面的圆的斜二测仍是一个圆，反映实际形状，而平行于水平面和侧面的圆的斜二测都是椭圆，且该椭圆比较难画。因此，当物体上具有较多平行于一个坐标面的圆时，画斜二测比较方便。

根据图 3-24a 所示的两个视图，画斜二测。具体作图步骤如下：

1）在视图上定坐标原点和坐标轴，如图 3-24a 所示。

2）画轴测轴，再画物体的前面（同主视图相同），如图 3-24b 所示。

3）画物体的后面（宽度尺寸取其一半）并与前面连接，如图 3-24c 所示。

4）描深，完成全图，如图 3-24d 所示。

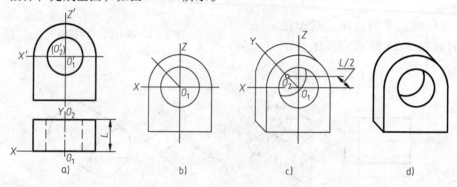

图 3-24　物体斜二测的画法

4. 组合体的正等轴测投影

画组合体轴测图时，先用形体分析法分析组合体的构成，然后再作图。作图时，可先画出基本形体的轴测图，再利用切割法和叠加法完成全图。另外，利用平行关系是加快作图速度和提高作图准确性的有效手段。图 3-25 所示为支架的正等轴侧图作图步骤。

形体分析：该支架由底板和竖板叠加而成。

作图步骤：逐部分画其轴测图。先画出底板的正等轴测图，然后画出竖板的正等轴测图，最后再画出两板上的圆孔的正等轴测图。竖板上的椭圆的两条长、短轴是 X、Z，底板上的椭圆的两条长、短轴是 X、Y。

检查、整理、描深：在画图的过程中，应该边画边检查、整理，将确实不要的一些线段及时整理、删除，以便于后续的作图。

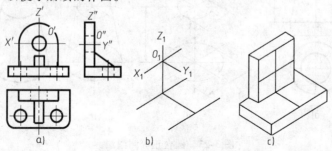

图 3-25　支架的正等轴测图

a）支架三视图　b）确定坐标系　c）画底板和竖板轴测图

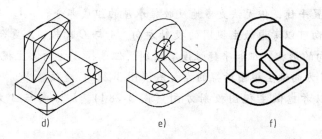

图 3-25　支架的正等轴测图（续）

d) 画底板和竖板上的圆角、三角支撑板的轴测图　e) 画底板和竖板上的椭圆孔　f) 检查、整理、加深

逐部分画轴测图时，按照形体分析法依次确定好各部分的相对位置关系。

图 3-26a 所示为带切口正方体的三视图，图 3-26b、c 所示为带切口正方体的正等轴测图与斜二等轴测图立体感比较。不难看出，这时使用斜二等轴测图时立体感较强。

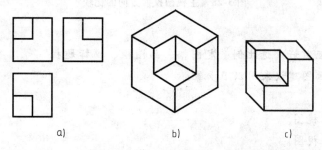

图 3-26　正等轴测图与斜二等轴测图立体感比较

a) 带切口正方体的三视图　b) 正等轴测图　c) 斜二等轴测图

任务 11　绘制轴承座的三视图

1. 形体分析

由图 3-27 可见，该轴承座是一个综合式组合体，整体上可看成由凸台、圆筒、加强肋板、支承板、底板五个部分叠加而成的，这五个部分分别由基本体切割而成。

2. 主视图的确定

从轴承座的上、下、左、右、前、后六个方向投射，都分别得到视图，但应选择哪一个投射方向作为主视图呢？对此可作以下分析和选择：

1）上、下两个方向不能做主视图的投射方向，因为不能反映轴承座的形状特征。

2）D 方向做主视图的投射方向

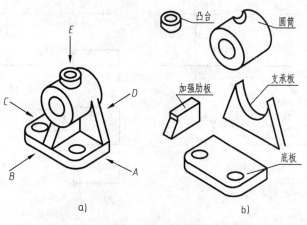

图 3-27　轴承座

a) 立体图　b) 形体分析

也不好。因为虽然放置平稳，但无法更多地反映轴承座的组成部分。

3）A、C两个方向可以考虑做主视图的投射方向。A与C比较，A更合适，如图3-28a所示。虽然A、C方向的形状特征和平稳性没有区别，但选择A方向做主视图所得的左视图（图3-28d）比选择C方向做主视图所得的左视图（图3-28c）虚线要少。

4）B方向也可以考虑做主视图投射方向（图3-28d）。B方向与A方向比较各有优缺点。

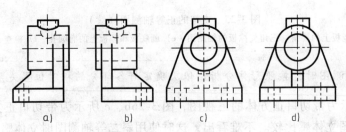

图3-28　主视图投射方向的比较

3. 画图

正式画图前，应做好"选比例、定图幅、画图框、画标题栏"等准备工作。对于初学者，轴承座的正式画图建议采用以下步骤：

1）画基准线。

2）画底板的三视图。

3）画圆筒的三视图。

4）画支承板的三视图。

5）画加强肋板和凸台的三视图。

6）检查、改错、擦去多余的线条。

7）加深图线。

下面以A方向作为主视图的投射方向，详细介绍画图过程，如图3-29所示。

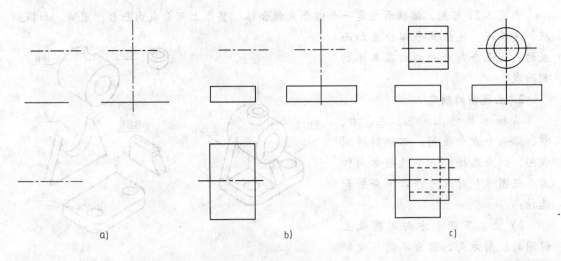

图3-29　轴承座三视图的画图步骤

a）画基准线　b）画底板　c）画圆筒

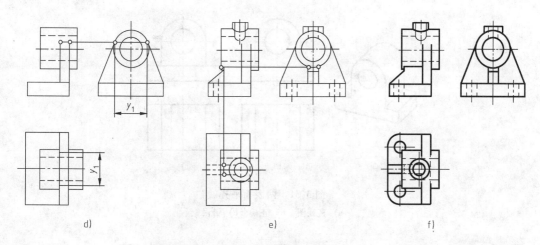

d)　　　　　　　　　　e)　　　　　　　　　　f)

图 3-29　轴承座三视图的画图步骤（续）

d）画支撑板　e）画加强肋板和上部凸台　f）检查并加深

四、组合体的组成形式及形体分析

1. 组合体的构成方式

组合体按其构成的方式，通常分为叠加型和切割型两种。叠加型组合体是由若干基本体叠加而成，图 3-30a 所示的螺栓（毛坯）是由六棱柱、圆柱和圆台叠加而成。切割型组合体则可看成由基本体经过切割或穿孔后形成的，图 3-30b 所示的压块（模型）是由四棱柱经过若干次切割再穿孔以后形成的。多数组合体则是既有叠加又有切割的综合型，如图 3-30c 所示的支座。

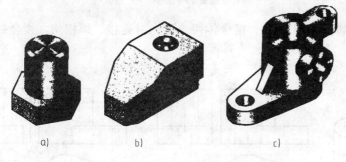

a)　　　　　　　　b)　　　　　　　　c)

图 3-30　组合体

a）螺栓毛坯　b）压块　c）支座

2. 组合体的表面连接关系及其画法

组合体的表面连接关系指的是一个组合体被分解成几部分后，当这几部分按其原有的相对位置进行组合的时候，各部分表面之间的过渡形式（平齐、错位、相交、相切、相贯），以确定在画视图的时候，它们之间是否存在分界轮廓线的问题。组合体中各表面之间的连接关系有平齐、不平齐、相切、相交等几种。

（1）平齐　如图 3-31 所示，组合体的上下表面对齐，没有错开，接合处无分界线。

（2）不平齐　如图 3-32 所示，组合体的上下表面不平齐，应在视图中画出接合处的分界线。

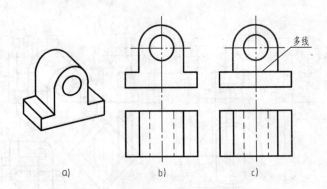

图 3-31　两表面平齐
a) 直观图　b) 正确　c) 错误

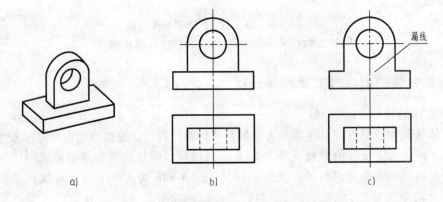

图 3-32　两表面不平齐
a) 直观图　b) 正确　c) 错误

（3）相切　如图 3-33 所示，组合体两表面光滑连接，即相切。接合处是光滑过渡的，不画线。

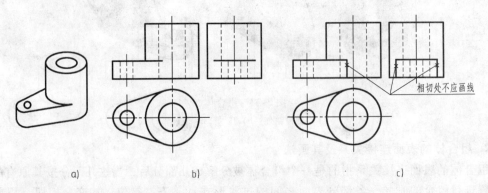

图 3-33　两表面相切
a) 直观图　b) 正确　c) 错误

（4）相交　如图 3-34a 所示，平面与平面相交，相交处有分界线，应画出分界线。如图 3-34b 所示，平面与曲面相交，相交处有分界线，应画出分界线。如图 3-34c 所示，曲面与曲面相交，相交处有分界线，应画出分界线。

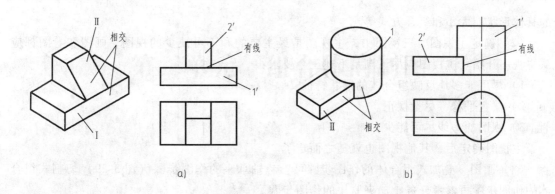

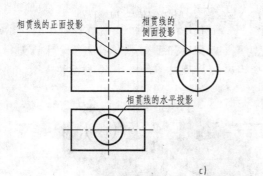

图 3-34　两表面相交

a）平面与平面相交　b）平面与曲面相交　c）曲面与曲面相交

表面连接关系是指在画某个视图的时候，各部分表面之间是否存在分界轮廓线的问题。

3. 组合体的形体分析

假想将一个组合体分解成几个更简单的部分，弄清楚各部分的形状、相对位置、表面连接关系及组合形式，最后又回到该组合体的过程就叫做组合体的形体分析法。如图 3-35 所示，该零件被假想分成上、下两部分，每一部分又是经过切割而成的，上部分与下部分在右后上方的顶角对齐，它们经叠加组合而成该组合体。

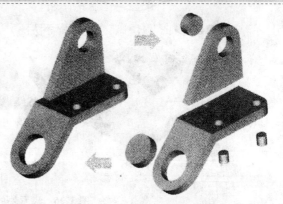

图 3-35　组合体的形体分析过程

组合体形体分析法是一个应用广泛的分析方法。请务必掌握。

五、组合体视图的画图方法

无论是叠加式、切割式的组合体，还是综合式的组合体，一般按以下方法步骤进行分析和画图。

（1）形体分析　画图前，首先对组合体进行形体分析，通过形体分析，弄清该组合体的具体形状、大小和组合方式等。

（2）确定主视图　三视图中，主视图是最主要的和不可缺少的视图，画图和看图都应从主视图开始。主视图应尽量满足下述三个要求：

1）尽可能多地反映组合体的形状特征。

2）放置平稳，尽量摆正。

3）视图的虚线尽可能少。

主视图确定后，其他视图也就随之而定了。

（3）画图　叠加式组合体的作图步骤可参考轴承座的作图步骤（图 3-29）切割式组合体的作图步骤可参考任务十二夹紧块的作图步骤。

任务 12　绘制夹紧块的三视图

1. 形体分析

假想夹紧块是由原始的长方体经三次切割而成，如图 3-36 所示。

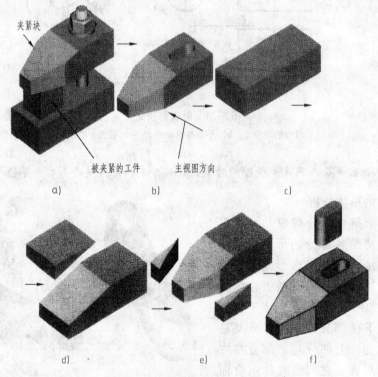

图 3-36　夹紧块的形体分析

2. 主视图的选择

选其装配特征方向作为主视图方向，如图 3-36b 所示。

3. 三视图的绘制

先画原始的基本体，再根据假想的切割过程逐步切割，并画其三视图（图 3-37）。此时，注意正投影的类似性的运用和分界轮廓线的处理，如图 3-37d、e、f 所示。

为了迅速而正确地画出组合体的三视图，画图时，应注意以下几点。

1）绘图时，按形体分析法逐个画出各形体的三视图，并应从反映各形体的特征视图开

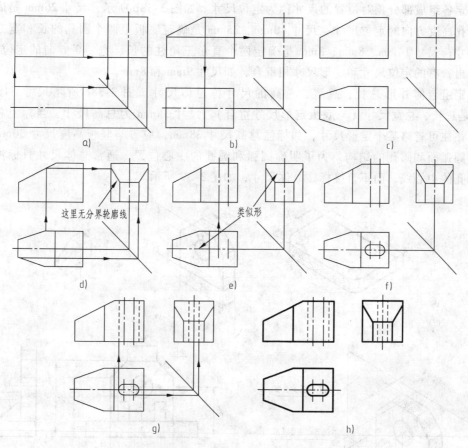

这里无分界轮廓线

类似形

图 3-37 夹紧块三视图的画法

始，三个视图配合进行作图。切忌对着整个物体画出整个视图的"照像式"画图。作图顺序：先画主要部分后画次要部分；先画可见后部分画不可见部分；先画叠加部分后画切割部分。用逐个形体作图方法，达到各个"击破"，化难为易。

2）各形体之间的相对位置要正确反映在各个视图中。

3）应从整个物体概念出发，处理各形体之间的表面连接关系和衔接处图线的变化。

4）画完底稿图后，再按形体分析法逐个检查每个视图，纠正错画图线，补画漏线及擦去多余图线，确认无误后，按标准线型描深。

六、组合体的尺寸标注

1. 尺寸齐全

要使尺寸标注齐全，既不遗漏，也不重复，应先按形体分析的方法标注出各基本形体的大小尺寸，再确定它们之间的相对位置尺寸，最后根据组合体的结构特点标注出总体尺寸。

尺寸分为定形尺寸、定位尺寸、总体尺寸三种。

确定组合体各组成部分的形状和大小的尺寸称为定形尺寸。如图 3-38a 所示尺寸为底板、竖板和直角三角柱的定形尺寸。

确定各组成部分相对位置的尺寸称为定位尺寸。如图 3-38b 所示，尺寸 26mm 是确定竖板上圆孔高度方向的定位尺寸；尺寸 40mm、23mm 是确定底板上两个圆孔的长和宽方向的定位尺寸；尺寸 14mm、8mm、8mm 是确定两个直角三角柱的长、宽、高方向的定位尺寸。但应指出，有的定位尺寸和定形尺寸相重合，如尺寸 9mm 和 8mm。

确定组合体外形总长、总宽、总高的尺寸称总体尺寸。图 3-38c 所示尺寸 54mm 和 30mm 是总长、总宽尺寸（与底板定形尺寸重合），尺寸 38mm 为总高尺寸。当标上总体尺寸后，往往可省略某个定形尺寸，如标注总高尺寸 38mm，应省略竖板高度尺寸 30mm。对于具有圆弧面和圆孔的结构，为了明确圆弧和圆孔的中心位置，通常总体尺寸只标注到圆弧、圆孔的中心线，而不直接标注总体尺寸，如图 3-39 所示。

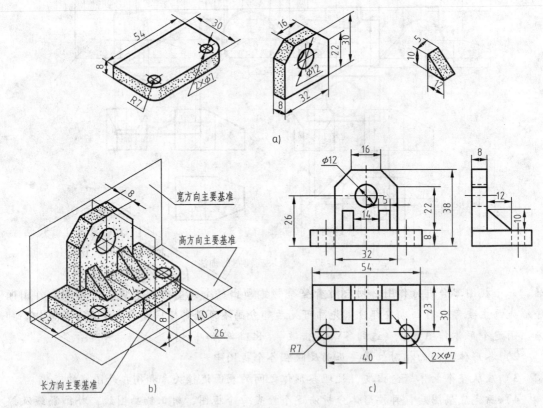

图 3-38　轴承座的尺寸分析
a）定形尺寸　b）尺寸基准与定位尺寸　c）完整尺寸

2. 尺寸基准

标注尺寸的起点就是尺寸基准。标注尺寸前必须确定好尺寸基准。通常能作为尺寸基准的有重要的端面、轴线、对称面等，如图 3-38b 所示。在物体的长、宽、高方向各有一个主要基准，如图 3-38c 中两个连接孔的直径 $2 \times \phi 7$mm 定位尺寸 40mm，就是以组合体对称轴的轴线为基准标注的。另一个定位尺寸 23mm 就是从宽度基准标注的。重要的尺寸从主要基准引出，其他尺寸一般从辅助基准引出。其他标注尺寸的起点均为辅助基准，如图 3-38c 前三角板高度 10mm 就是从高度辅助基准引出的，主要基准与辅助基准之间必须用一个尺寸将其联系起来，这里就是尺寸 8mm。

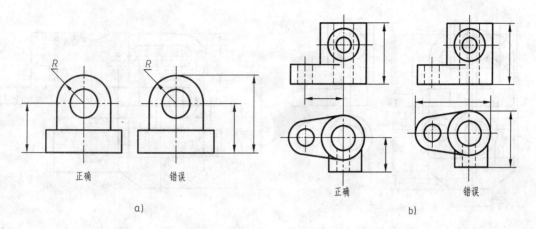

图 3-39　组合体总体尺寸的标注

3. 尺寸清晰

为了便于看图和查找尺寸，标注的尺寸必须布局合理、整齐清晰。为此，需做到以下几点：

（1）突出特征　各部分形体的定形尺寸尽量标注在反映其形体特征的视图上，如图 3-40 所示。

（2）相对集中　各部分形体的定形尺寸、定位尺寸尽量标注在一个视图上，否则不清晰，如图 3-40 所示。

（3）布局整齐　尺寸尽量标在两个视图之间，便于查找、对照，否则显得很乱，如图 3-41 所示。

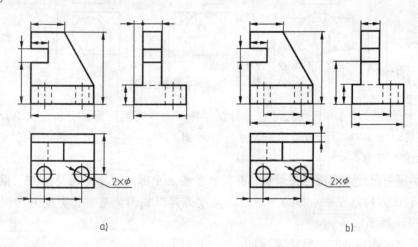

图 3-40　定形尺寸与定位尺寸应集中标注

a）清晰　b）不好

（4）圆柱、圆锥及圆弧的尺寸标注　圆柱及圆锥的直径尺寸一般标注在非圆视图上，圆弧半径尺寸则应标注在圆弧视图上，如图 3-42a 所示；否则就不清晰，如图 3-42b 所示。

4. 尺寸标注的方法和步骤

标注组合体尺寸的基本方法是形体分析法，即把组合体分解为若干基本部分，然后逐个

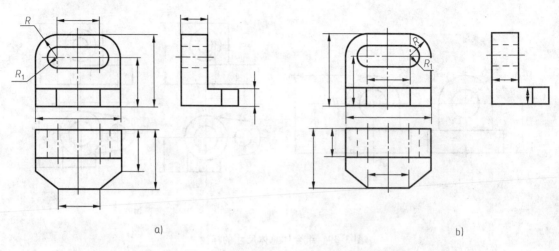

图 3-41　尺寸应布置在两个视图之间
a）清晰　b）不清晰

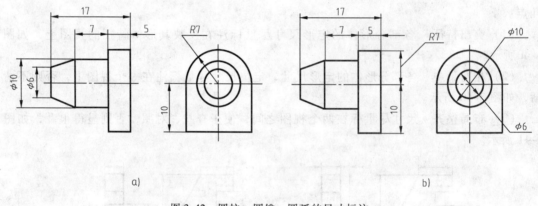

图 3-42　圆柱、圆锥、圆弧的尺寸标注
a）清晰　b）不清晰和错误注法

标注每个部分的定形尺寸和定位尺寸，并标注总体尺寸，再运用形体分析法核对尺寸的正确性，调整布局。图 3-43 所示为轴承座尺寸标注示例。

具体标注步骤为：

1）轴承座可分解为底板、支承板、圆筒和肋板四个部分。选择尺寸基准，根据轴承座结构特点，长度方向以左右对称面为基准，高度方向以底面为基准，宽度方向以背面为基准，如图 3-43a 所示。

2）标注出这四部分的定形尺寸，如图 3-43b 所示。

3）从基准出发，标注确定这四个部分的相对位置尺寸。如图 3-43c 所示。

4）标注总体尺寸，但此例的总长、总宽、总高尺寸均与定形或定位尺寸重合。最后全面进行核对，并改正错误，使所注的尺寸完整、正确、清晰，如图 3-43d 所示。

> 要做到"既不遗漏，也不重复"的前提是主动使用形体分析法，并先定形，再定位。重要的尺寸一定要从尺寸基准出发！

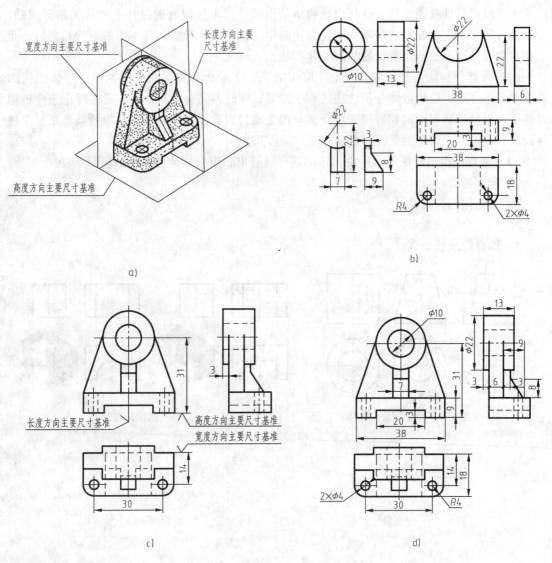

图 3-43　轴承座尺寸标注示例

a）轴承座立体图　b）轴承座各部分三视图　c）轴承座定位尺寸标注　d）轴承座完整尺寸标注图

七、识读组合体视图

1. 读图的基本知识

（1）几个视图联系起来看　一般情况下，一个视图不能完全确定物体的形状。如图 3-44 所示的三组视图，它们的主视图都相同，但实际上是三种不同形状的物体。

（2）寻找特征视图　所谓特征视图，就是把物体的形状特征及相对位置反映得最充分的那个视图。找到这个视图，再配合其他视图，就能较快地认清物体，如图 3-45 所示两组视图中的俯视图。

2. 读图的基本方法

（1）形体分析法　形体分析法是读图的基本方法。一般是从反映物体形状特征的主视图着手，对照其他视图，初步分析出该物体是由哪些基本体以及通过什么连接关系形成的；然后按投影特性逐个找出各基本体在其他视图中的投影，以确定各基本体的形状和它们之间的相对位置，最后综合想象出物体的总体形状。

（2）线面分析法　当形体被多个平面切割，形体形状不规则或在某视图中形体结构的投影关系重叠时，应用形体分析法往往难于读懂。这时，需要运用线、面投影理论来分析物体的表面形状、面与面的相对位置以及面与面之间的表面交线，并借助立体的概念来想象物体的形状。这种方法称为线面分析法。

（3）组合体读图方法小结　由上述例题可以看出，组合体读图的一般步骤是：

1）分线框，对投影。

2）想形体，辨位置。

3）线面分析攻难点。

4）综合起来想整体。

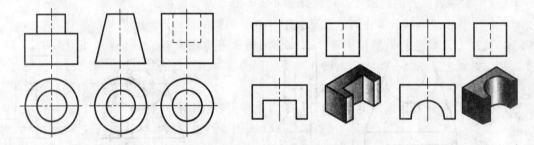

图 3-44　一个视图不能完全确定物体的形状　　　　　图 3-45　找特征视图

第四单元　零件图及机件表达方法

【知识点】　视图、剖视图、断面图、局部放大图及简化画法；螺纹的规定画法；直齿圆柱齿轮、滚动轴承、弹簧的规定画法；机加工的工艺结构、铸件工艺结构；零件图的作用和内容、零件图的视图选择、典型零件的表达方法、零件图的尺寸标注、零件图的技术要求及零件图的识读。

【能力目标】　本单元内容以典型零件为载体，主要通过座体、减速器输出轴、端盖、摇臂、传动器箱体等典型零件绘制过程以及在绘制中涉及的知识点，掌握并熟练运用视图、剖视图、局部放大图及简化画法等表达方法，解决生产实际中复杂物体的表达问题；掌握尺寸公差、配合、表面粗糙度、几何公差等公差配合在图样上的标注方法以及零件结构形状的表达和工艺结构；掌握螺纹的规定画法和标注以及齿轮、轴承、弹簧等的画法。

【学习导读】　三视图是工程图样的最基本的表达形式，但其只能将零件的上、左、前面以可见的方式来表示，而零件的下、右、后面以不可见的方式来表示，零件的内部结构也只能以不可见的方式来表示。这种以大量的虚线来表示的结构，既给绘图者带来不便，又给看图者带来麻烦，这样的状况显然是需要加以改善的。机械图样的基本表达方法从多方位、多方向观察零件，从零件外部开始到零件内部的每一个结构都应观察细致，并以可见的方式加以详细地表达出来。这样绘图简易，标注的尺寸清晰，特别是能给看图者带来极大的方便。国家标准对许多表达方法是有很严格的限制、规定和使用条件的，不得随意滥用和改变，必须记住它们的使用场合、使用条件，做到准确无误。

零件图是指导制造、加工零件的技术文件，要想完全、准确地了解零件，必须了解零件所处的工作环境——该零件与其他零件配合装在一起，完成一定的任务——零件所在的机器或部件。

常见的零件一般可分为轴套类零件、盘盖类零件、叉架类零件和箱体类零件四大类

螺纹、键槽、齿轮的轮齿部分、退刀槽、砂轮越程槽等是标准结构，它们是零件上常见的结构，其画法、标注都是由国家标准所规定的，任何一个工程技术人员都必须不折不扣地、认真地贯彻执行，决不允许有任何偏差。

任务 13　绘制座体的剖视图

1. 结构分析

如图 4-1a 所示，座体由底板和圆筒组成，底板底部开槽，面上有孔与底槽相通，圆筒里有台阶孔，也与槽相通。

2. 视图表达

如图 4-1b 所示，采用视图的方式表达时，对于不可见的轮廓线采用细虚线表达。但如果是较复杂的形体，细虚线给识图和标注尺寸带来困难。如果采用 4-1c 的剖切方法，得到如图 4-1d 所示的视图，座体的内部结构就会比较清晰。

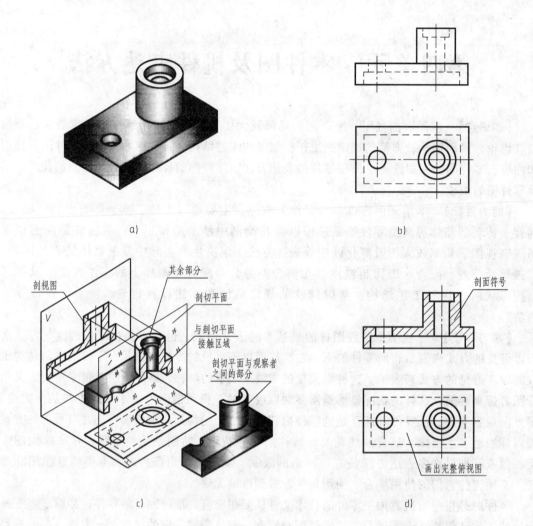

图 4-1　座体
a) 支座立体图　b) 支座三视图　c) 支座剖切方法　d) 支座剖视图

一、视图

1. 基本视图（GB/T 17451—1998、GB/T 4458.1—2002）

将物体向基本投影面投影所得到的视图，称为基本视图。

当物体的结构形状复杂时，为了完整、清晰地表达物体的各个方向的形状，国家标准规定，在原有三个投影面的基础上，可再增设三个投影面，组成一个正六面体（图 4-2），这六个投影面称为基本投影面。

六个基本视图之间仍然符合长对正、高平齐、宽相等的投影规律。制图时应根据零件的形状和结构特点，选用其中必要的几个基本视图。图 4-3 所示为六个基本投影面的展开，图 4-4 所示为六个基本视图的位置。

视图的基本任务就是表达机件的外部结构形状，一般仅画出其可见部分，不画虚线。

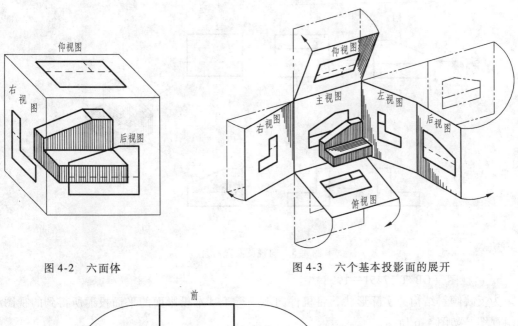

图 4-2　六面体　　　　　　　　　图 4-3　六个基本投影面的展开

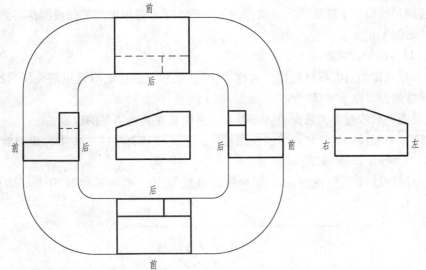

图 4-4　六个基本视图的位置

基本视图中，左视图、右视图关于主视图对称，俯视图、仰视图关于主视图对称，主视图、后视图关于左视图对称。

2. 向视图（GB/T 17451—1998 GB/T 4458.1—2002）

在实际制图时，如果不能按图 4-4 所示的位置配置视图或各视图不画在同一张图样上时，应在视图的某方标出视图的名称"×"（这里"×"为大写拉丁字母代号），并在相应的视图附近用箭头指明投射方向，并标注上同样的字母，这种视图称为向视图。向视图是可以自由配置的视图，如图 4-5 所示。

基本视图如果不按照基本位置配置，称为向视图。

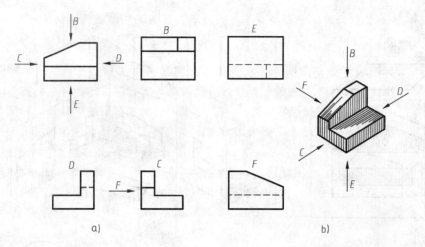

图 4-5　向视图及其标注

3. 斜视图（GB/T 17451—1998）

为反映倾斜结构的实际形状，将机件向不平行于基本投影面的平面投射所得到的视图称为斜视图，如图 4-6 所示。

（1）画斜视图的注意事项

1）必须在视图的上方标出视图的名称"×"，在相应的视图附近用箭头指明投射方向，并标注上同样的大写拉丁字母"×"，如图 4-7a 所示。

2）斜视图一般按投影关系配置，必要时也可配置在其他适当的位置。

3）在不致引起误解时，允许将斜视图旋转配置，旋转符号的箭头指向应与旋转方向一致，如图 4-7b 所示。

4）画出倾斜结构的斜视图后，通常用波浪线断开，不画其他视图中已表达清楚的部分。

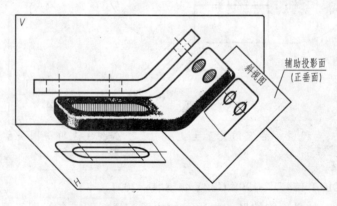

图 4-6　斜视图的形成

（2）斜视图画法　斜视图通常按投影关系配置，如图 4-7a 所示。当配置有困难时，也可配置在适当的位置，但都应按向视图标注，在不引起误解时，允许将斜视图旋转配置，如图 4-7b 所示。表示该视图名称的大写拉丁字母应靠近旋转符号的箭头端，旋转符号可为正转也可反转。

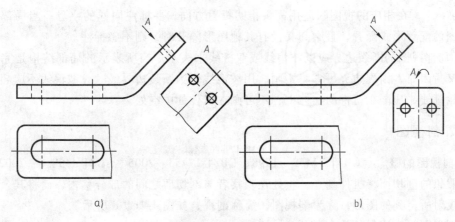

图 4-7　斜视图的画法

a）投影关系斜视图　b）旋转后的斜视图

　　将斜视图旋转的目的是为了手工绘图方便，看图者并不方便。对计算机绘图来说，旋转斜视图和按投影关系的斜视图一样方便。

4. 局部视图（GB/T 17451—1998、GB/T 4458.1—2002）

　　将机件的某一部分向基本投影面投射所得到的视图称为局部视图，如图 4-7A 向、图 4-8A 向、B 向局部视图所示。图 4-8 所示支座的视图中，主、俯两视图已将支座的主要结构表达清楚了，只有左端凸台和肋板，以及右端凸台的结构没有表达清楚，若采用左视图和右视图两个基本视图来表达，则显得烦琐和重复，这时可以采用局部视图来表达。这种表达方式既简练又能突出重点。

　　画局部视图时应注意：

　　1）画局部视图时可按向视图的配置形式配置并标注。一般在局部视图上方标注出视图

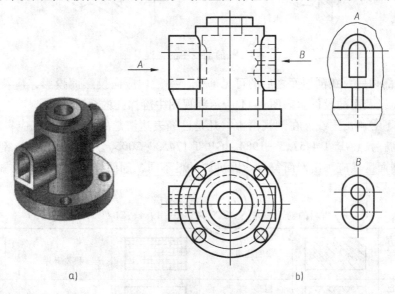

图 4-8　局部视图

a）立体图　b）视图表达

的名称"×"，在相应的视图附近用箭头指明投射方向，并标注同样的字母。当局部视图按基本视图的配置形式配置，且中间又没有其他图形隔开时，则不必标注。

2）局部视图的断裂边界应以波浪线或双折线来表示。当所表示的局部结构是完整的且外轮廓又封闭时，断裂边界可省略不画。用波浪线作为断裂边界线时，波浪线不应超过断裂机件的轮廓线，应画在机件的实体上，不可画在机件的中空处。

二、剖视图

1. 剖视图的概念（GB/T 17452—1998、GB/T 17453—2005、GB/T 4458.6—2002）

用假想的剖切面将机件剖开，将处在观察者与剖切面之间的部分移去，而将其余部分向投影面投射所得到的图形，称为剖视图，简称剖视，如图 4-1c、d 所示。

画剖视图时应注意的几个问题：

1）剖切面的位置确定。确定剖切面位置时，一般选择所需要表达的内部结构的对称面，并且该剖切面应平行于基本投影面。

2）其他视图应保持完整。机件的剖开是假想的，并不是真正将机件切掉一部分，因此并不影响其他视图的完整性，即其他视图必须按照完整的机件绘出。

3）在剖切面之后的可见部分应全部画出，不能出现漏线和多线，如图 4-9 所示孔的剖视图的正误对比。

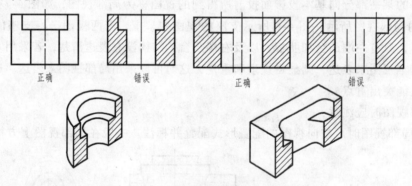

图 4-9　孔的剖视图的正误对比

4）机件剖切后，在剖切面之后的可见部分，一般均应向投影面投影，应特别注意机件空腔中的轮廓线及面的投影。如图 4-11 所示剖视图中阶梯孔的台阶线。

5）一般不必画出虚线。在剖视图中，凡是已经表达清楚的结构，虚线应省略不画。

6）剖面符号（GB/T 4457.5—1984、GB/T 17453—2005）。在剖视图中，剖切面与机件相交的实体剖面区域应画出剖面符号。因机件材料不同，剖面符号也不同。机械图样中常见材料的剖面符号见表 4-1。

表 4-1　材料的剖面符号（GB/T 4457.5—1984、GB/T 17453—2005）

金属材料(已有规定剖面符号者除外)		线圈绕组元件		转子、电枢、变压器和叠钢片	
非金属材料(已有规定剖面符号者除外)		型砂、填砂、粉末冶金、砂轮、陶瓷刀片、硬质合金		基础周围的泥土	

（续）

木质胶合板(不分层数)		玻璃及供观察用的其他透明材料		格网(筛网、过滤网)	
混凝土		钢筋混凝土		砖	
木材(纵剖面)		木材(横剖面)		液体	

> 剖视图用来表达零件的内部结构。

机件使用最多的材料是金属材料，在机件图样中使用最多的材料剖面符号是金属材料符号。应画成与水平线成45°的等距细实线；剖面线可向左或向右倾斜；同一机件在各个剖视图中的剖面线倾斜方向应相同，间距应相等；当图形中的主要轮廓线与水平线成45°左右时，则该图的剖面线应画成与水平线成30°或60°的细实线，其倾斜方向仍应与其他剖视图的剖面线方向一致，如图4-10所示。

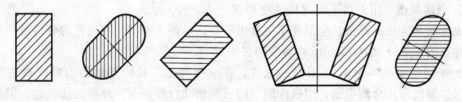

图4-10 剖面线的画线

2. 剖视图的画法及标注（GB/T 4458.6—2002）

为了看图时了解剖切位置和剖视图的投影方向，有时要对剖视图进行标注，根据国家标准的规定，剖视图的标注如图4-11所示。

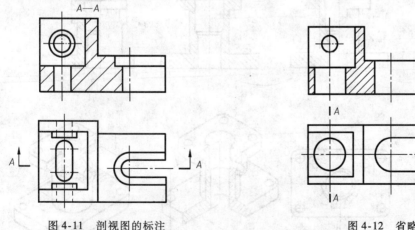

图4-11 剖视图的标注　　　　　　图4-12 省略箭头的标注

（1）完整标注

1）剖切位置符号。在相应的视图上，用剖切符号表示剖切位置，剖切符号线宽为

$(1 \sim 1.5)d$，长为 $5 \sim 10$mm，其线型为粗实线。

2）投影方向符号。在剖切位置符号的起讫处画上箭头，表示投影方向。

3）图名符号。在投影方向符号外侧注出图名符号，图名符号是用大写拉丁字母，在剖视图的上方用同样大写拉丁字母标注剖视图的名称"×—×"。为了不影响图形的清晰度，剖切符号应尽量避免与图形轮廓线相交。

（2）省略箭头的标注　当剖视图按投影关系配置，且中间又没有其他图形隔开时，可省略箭头，如图 4-12 所示，其剖切符号的起讫处未画箭头。

（3）完全省略标注　单一剖切面通过机件的对称面或基本对称平面，且剖视图按投影关系配置，中间又没有其他图形隔开时，则可完全省略标注。如图 4-13 所示，主视图和左视图画成剖视图后不需要标注。

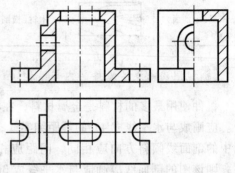

图 4-13　完全省略标注

3. 剖视图的种类

按剖切的范围，剖视图可分为全剖视图、半剖视图和局部剖视图三类。

（1）全剖视图　用剖切平面把机件全部剖开所得的剖视图称为全剖视图。全剖视图主要用于表达内部复杂的、不对称的机件或外形简单的回转体，图 4-1d、图 4-11 所示均为全剖视图。

（2）半剖视图　如图 4-14 所示的机件，在主视图上，其内部结构用虚线表达不够清楚。如果主视图采用全剖视图，则机件前方的圆孔和凸台被剖去，外形无法表达。但这个机件左右对称，所以在垂直于对称平面的投影面上的图形，以对称中心线为界一半画剖视，一半画视图，这样的图形叫做半剖视图。由于半剖视图是取视图、剖视图各一半合并起来的，所以在同一个图形上清楚地表达了机件的内、外结构形状。

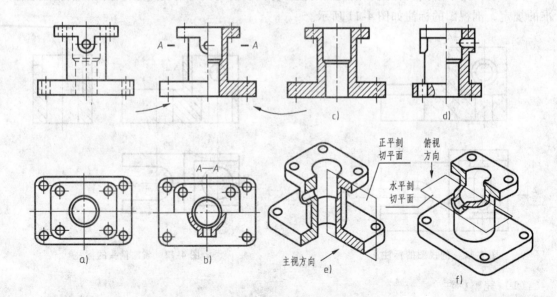

图 4-14　半剖视图

画半剖视图时应注意：

1）半个视图与半个剖视图的分界线应是细点画线，不是粗实线。

2）因为图形对称，内部结构形状已在半个剖视图中表达清楚，一般在另外半个视图上不需要再画虚线。

3）半剖视图标注的方法及省略标注的情况与全剖视图完全相同。半剖视图主要用于表达内、外结构形状都比较复杂的、对称或基本对称的机件。

（3）局部剖视图 如图 4-15 所示的机件，在主视图中只有左端的孔需要剖开表示，不必要画出全剖视图或半剖视图，这时可假想用一个通过左端孔轴线的平面将机件局部剖开，然后进行投影。俯视图中的前面孔也是同样。用剖切平面局部地剖开机件，以显示这部分形状，并用波浪线表示剖切范围，这样的图形叫做局部剖视图。局部剖视图中的波浪线可以看做是机件断裂面的投影，因此，波浪线不能与图形中其他的图线重合，不要穿空而过、不能超出图形轮廓线，也不要画在轮廓线的延长线的位置，如图 4-16 所示。

局部剖视图是一种较为灵活的表达方法，常用于内、外形状都需要表达的不对称机件；对于机件上的孔、槽等局部结构和不宜作半剖视的机件也可以采用局部剖表达。对于剖切位置明显的局部剖视图一般不标注。

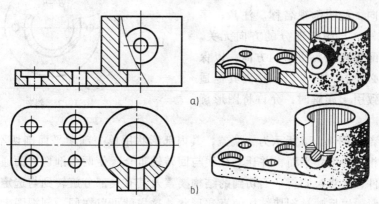

图 4-15 局部剖视图

a）局部剖一 b）局部剖二

局部剖视图的范围是关键，注意波浪线的使用。

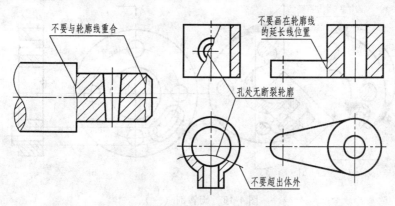

图 4-16 局部剖视图中波浪线的画法

4. 剖切平面和剖切方法

根据剖切平面的不同，剖切方法还可以分为单一剖、斜剖、旋转剖、阶梯剖和复合剖等。

（1）单一剖　用一个平行于基本投影面的剖切面（通常用平面，也可以用柱面）剖开机件的方法称为单一剖。前面所介绍的全剖视图、半剖视图、局部剖视图的例子均为单一剖。

（2）斜剖　如图 4-17 所示的机件倾斜部分的内部形状，在基本图形上不能得到反映，只有用与基本投影面倾斜的平面剖切，再投影到与剖切平面平行的投影面上，得到的图形才能反映倾斜结构的内部真实形状。

这种用不平行于任何基本投影面的剖切平面剖开机件的方法称为斜剖。在采用斜剖绘制剖视图时，必须标注剖切位置，并用箭头指明投影方向，注明剖视名称。注意，字母一律水平书写，与倾斜部分的方向无关。斜剖视图最好配置在箭头所指的方向，以保持投影关系。必要时，也可以平移到其他适当位置。在不致引起误解时，允许将图形旋转后再画出。

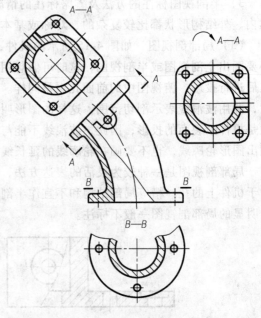

图 4-17　斜剖

（3）旋转剖　图 4-18a 所示为一端盖，其内部形状用单一剖切平面剖切不能完全表达，可以采用两个相交的剖切平面，并让其交线与回转轴重合，使两个剖切平面通过所要表达的孔、槽剖开机件，并将被倾斜平面切到的结构要素及其有关部分旋转到与选定的投影面平行后，再进行投影，以反映被剖切结构的真实形状，这样就可以在同一剖视图上表达出两个相交剖切平面所剖切到的结构。这种用两个相交的剖切平面（交线垂直于某一基本投影面）剖开机件的方法称为旋转剖。

采用旋转剖画剖视图时，必须标出剖切位置，在它的起止和转折处标出相同字母，在

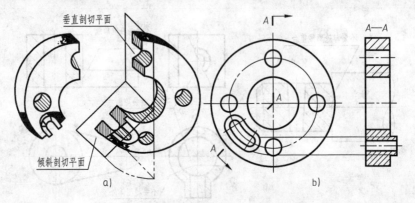

图 4-18　旋转剖（一）

a）端盖立体图　b）端盖旋转剖视

起、止处画出箭头，指明投影方向，在剖视图上方用字母标注出名称。但在剖切平面后的其他结构，一般仍按原来位置投射画出，如图 4-19 所示轴孔下部小孔的俯视图仍按长对正位置画出。当剖切后产生不完整要素时，应将此部分按不剖画图，如图 4-20 所示。

旋转的过程可直接用圆规完成。

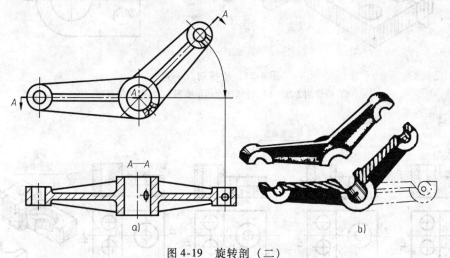

图 4-19　旋转剖（二）
a）旋转剖视图　b）旋转剖立体示意图

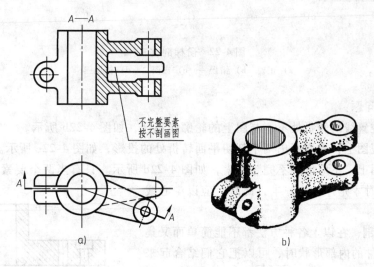

图 4-20　旋转剖（三）
a）旋转剖视图　b）立体图

（4）阶梯剖　如图 4-21 所示，机件内孔较多，层次较多，用一个剖切平面不能全部表示出来，在这种情况下，可用一组互相平行的剖切平面依次地把它们呈阶梯状切开，这样可以在同一个剖视图上表达多个剖切平面所剖切到的结构。这种用几个平行于某一投影面的剖切平面剖开机件的方法称为阶梯剖。

阶梯剖的标注与旋转剖的标注相同，如图 4-22a 所示。采用阶梯剖的方法画剖视图时应

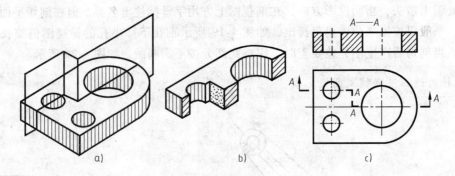

图 4-21　阶梯剖（一）

a）阶梯剖方法　b）阶梯剖立体示意图　c）阶梯剖视图

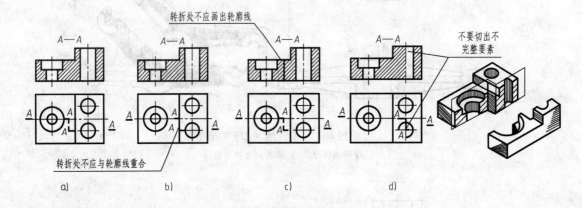

图 4-22　阶梯剖（二）

a）正确　b）错误一　c）错误二　d）错误三

注意以下几个问题：

1）剖切位置线的转折处不应与图上的轮廓线重合，如图 4-22b 所示。

2）在剖视图上，不要画出两个剖切平面转折处的投影，如图 4-22c 所示。

3）剖视图上，不应出现不完整要素，如图 4-22d 所示。只有当两个要素在图形上具有公共对称中心时才允许各画一半，此时，应以中心线或轴线为界。

（5）复合剖　在以上各种方法都不能简单而又集中地表示出机件的内部形状时，可以把它们结合起来应用。如图 4-23 所示，机件内部结构形状较多且复杂，为了表达各种孔、槽等结构，用阶梯剖和旋转剖组合在一起剖开机件。这种用几个平行或相交的剖切平面剖开机件的方法称为复合剖。倾斜平面剖切不到的部分，采用旋转剖的画图方法。

采用复合剖的方法画剖视图时通常用展开画法，标注时用"×—×展开"，如图 4-24 所示，其标注方法与旋转剖和阶梯剖的标注方法相同。

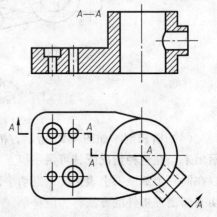

图 4-23　复合剖（一）

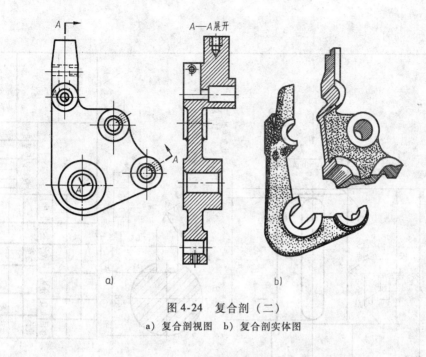

图 4-24　复合剖（二）

a）复合剖视图　b）复合剖实体图

任务 14　绘制输出轴的零件图

图 4-25 所示是输出轴的零件图。图 4-26 所示是减速器输出轴系。

1. 结构分析

对照图 4-25 和图 4-26，可以清楚地了解这根轴的结构形状。轴上有孔、键槽、倒角、倒圆、中心孔等。

2. 视图分析

该零件主要结构为同轴回转体，用一个基本视图——主视图表示。零件上其他结构形状，如轴上的孔、键槽等结构，采用向视图、局部剖视图、断面图表示。倒角、倒圆等结构可以采用局部放大图和简化表示法。

3. 尺寸标注

1）轴套类零件有径向和轴向两个方向的主要尺寸，其中径向尺寸的主要基准为轴线，轴向尺寸的主要基准一般选取重要定位面。例如，$\phi40mm$、$\phi35mm$ 的轴径上将装齿轮及滚动轴承，为保证传动平稳，齿轮啮合正确，要求各段轴颈的轴线在同一直线上，标注径向尺寸时，以轴线作为主要基准。轴肩端面 F 是齿轮装配时的定位面，因此 F 面为该轴的轴向尺寸的主要基准。输出轴以轴线为径向尺寸主要基准，$\phi48mm$ 的端面为轴向主要尺寸基准。

为了测量方便和满足加工工序要求，常以轴、套两端面为轴向尺寸辅助基准。

2）重要尺寸应直接标注出来，轴向两个 38mm 的尺寸是安装齿轮、定位套和滚动轴承的重要尺寸。其他尺寸以测量方便为原则，一般都按加工工序标注尺寸。

3）轴套类零件上的标准结构（如倒角、倒圆、键槽等），其尺寸应通过查阅相应标准，按规定或简化标注给出。

4. 读懂技术要求

零件图上的技术要求有表面结构的表示法、尺寸公差、形状公差和位置公差等。

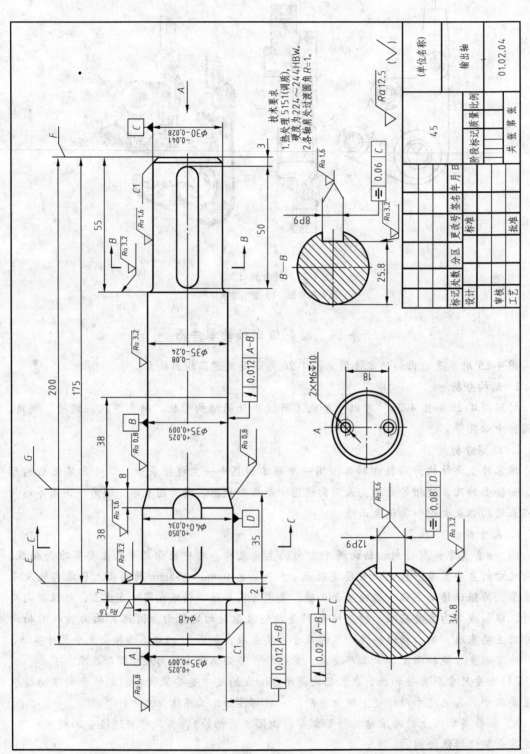

图 4-25 输出轴零件图

1）有配合要求或有相对位置的轴段，其表面粗糙度值、尺寸公差和几何公差都有较高要求，如尺寸为 $\phi 35^{+0.025}_{+0.009}$ 的轴段，其表面粗糙度值为 $Ra0.8\mu m$，径向圆跳动公差为 $0.012mm$。

2）为了提高强度和韧性，往往需要对轴进行热处理；对轴套上与其他零件有相对运动的表面，为了提高其耐磨性，有时要进行表面淬火、渗碳等热处理。如图 4-25 所示，对轴进行调质。

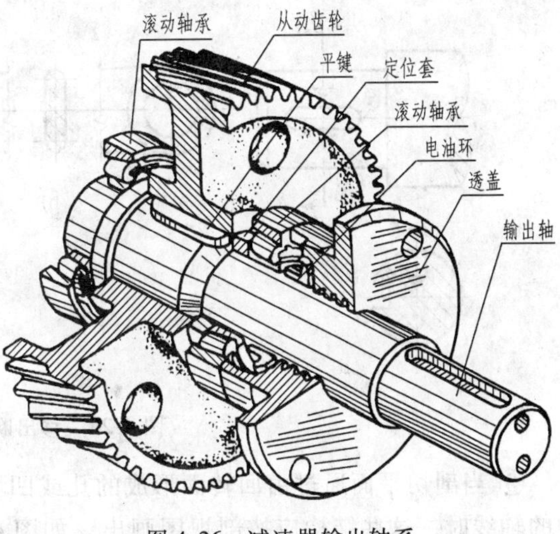

三、断面图

1. 断面图的概念

假想用剖切面将物体的某处断开，仅画出该剖切面与物体接触部分的图形，这种图形称为断面图，简称断面，如图 4-27 所示。

图 4-26　减速器输出轴系

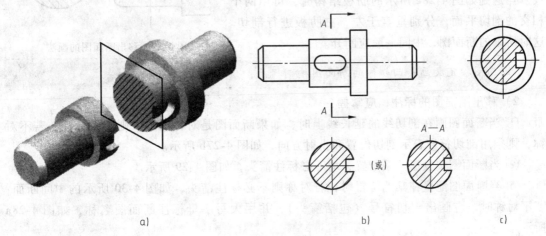

图 4-27　断面图的形成和标注

a）被剖切面切断的机件　b）断面图的画法和标注　c）剖视图

画断面图时，应特别注意断面图与剖视图之间的区别。断面图只画出物体被切处的断面形状，而剖视图除了画出其断面形状之外，还必须画出断面之后所有的可见轮廓，如图 4-27c 所示。

2. 断面图的种类

（1）移出断面图（GB/T 17452—1998、GB/T 4458.6—2002）　画在视图之外的断面图，称为移出断面图，如图 4-28 所示。

1）画移出断面时，应注意：

① 移出断面图的轮廓线用粗实线绘制。

② 移出断面图尽可能画在剖切线的延长线上，必要时可画在其他适当位置，如图 4-27 中的 A—A 断面图。

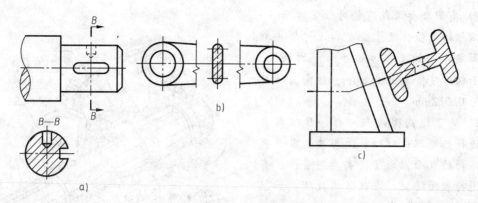

图 4-28　移出断面图的画法

③ 当剖切平面通过由回转面形成的孔或凹坑等结构的轴线时，这些结构应按剖视图画出，如图 4-28a、图 4-29 所示。

④ 剖切平面一般应垂直于被剖切部分的主要轮廓线。当遇到如图 4-28c 所示的肋板结构时，可用两个相交的剖切平面，分别垂直于左、右肋板进行剖切。这时所画的断面图，中间一般应断开。

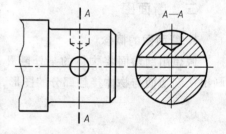

图 4-29　移出断面图的画法

断面图按定义画；回转体的断面图按剖视画；分离断面按剖视画。

2）移出断面图的标注，应掌握：

① 当断面图画在剖切线的延长线上时，如果断面图是对称图形，则不必标注；若不对称，则须用剖切符号表示剖切位置和投射方向，如图 4-27b 所示。

② 当断面图按投影关系配置，均不必标注箭头，如图 4-29 所示。

③ 当断面图配置在其他位置时，若对称则不必标注箭头，如图 4-30 所示的中间断面；若不对称时，应画出剖切符号（包括箭头），并用大写字母标注断面图名称，如图 4-28a 所示。

④ 配置在视图中断处的对称断面图，不必标注，如图 4-30 所示。

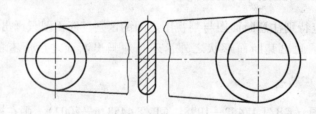

图 4-30　移出断面图的画法

（2）重合断面图（GB/T 17452—1998、GB/T 4458.6—2002）　剖切后将断面图形重叠在视图上，这样得到的断面图，称为重合断面图，如图 4-31 所示。重合断面图的轮廓线用细实线绘制。

绘制重合断面图时应注意：

1）重合断面图若为对称图形，不必标注；若图形不对称，当不致引起误解时，也可省略标注。

2）重合断面图是重叠画在视图上的，一般多用在断面形状较简单的情况下。

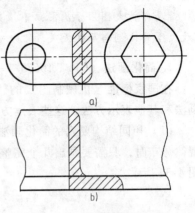

图 4-31 重合断面图的画法

四、其他表达方法

1. 局部放大图（GB/T 4458.1—2002）

如图 4-32 所示，机件上的一些细小结构，在视图上由于图形过小而表达不清，或标注尺寸有困难，这时可以用大于原图形的比例单独画出这些结构，这种图形称为局部放大图。

画局部放大图时，一般用细实线规整地圈出被放大部位。当同一机件上有几个被放大的部分时，应用罗马数字依次标明被放大部位，并在局部放大图的上方用分数形式标注出罗马数字和所采用的比例。局部放大图应尽量配置在被放大部位的附近。若机件上被放大的部位仅有一处时，则只需在放大图上方注明所采用的比例即可。局部放大图可以画成视图、剖视图、断面图，与被放大部分的表达方法无关，如图 4-32、图 4-33 所示。

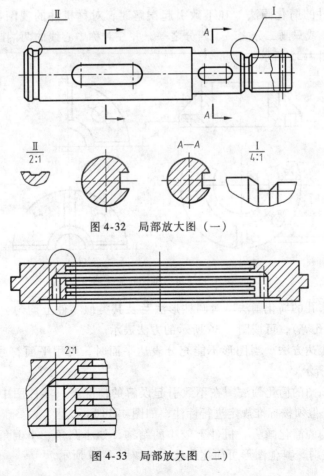

图 4-32 局部放大图（一）

图 4-33 局部放大图（二）

局部放大图用于原图画不清楚的部位，也用于无法标注尺寸的部位。特别注意，局部放大图的比例与原图无关。

2. 简化画法（GB/T 16675.1—1996）

在国家标准《机械制图》的"图样画法"中，规定了机械制图的一些简化画法、规定画法和其他表示方法，这些表示方法在绘图和读图中经常会遇到，所以必须掌握。

（1）相同结构要素的简化画法　当机件具有若干相同结构（齿、槽、孔等），并按一定规律分布时，只需要画出几个完整的结构，其余的用细实线联接，并注明该结构的总数，如图 4-34 所示。

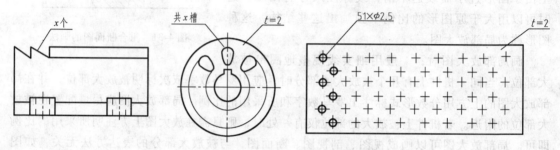

图 4-34　相同结构要素的简化画法

（2）对称机件的简化画法　在不致引起误解时，对称机件的视图可画出略大于一半，并以波浪线断开，或只画二分之一、四分之一，并在对称中心线的两端画出两条与其垂直的平行细实线，如图 4-35 所示。

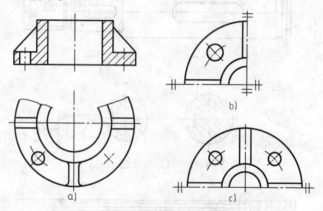

图 4-35　对称机件的简化画法

（3）均匀分布孔的简化画法　对圆柱形法兰及其类似零件上均匀分布的直径相同的孔（圆孔、螺孔、沉孔等），可按图 4-36 所示的方法表示。

（4）平面的表达方法　当图形不能充分表达平面时，可用平面符号（两相交细实线）表示，如图 4-37 所示。

（5）移出断面图的简化画法　在不致引起误解的情况下，零件图中的移出断面图，允许省略剖面符号，但须按标准规定进行标注，如图 4-38 所示。

（6）细小结构的简化画法　机件上较小的结构，如小圆角、小倒角、交线等，在一个图形上已表示清楚时，其他图形可简化或省略，如图 4-39 所示。

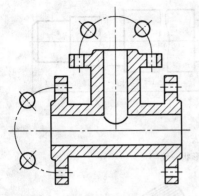

图 4-36 均匀分布孔的简化画法

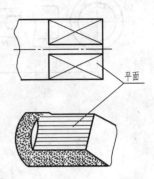

图 4-37 平面的表达方法

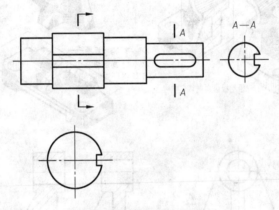

图 4-38 移出断面的简化画法

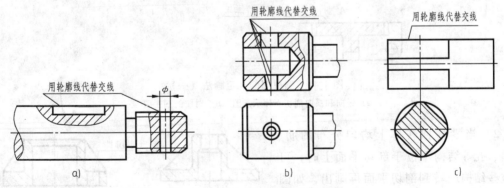

图 4-39 细小结构的简化画法

a) 示例一　b) 示例二　c) 示例三

(7) 折断画法　当较长机件（如轴、杆、型材等）沿长度方向的形状一致或按一定规律变化时，可断开后缩短绘制。采用这种画法时，尺寸应按原长标注，如图 4-40 所示。

(8) 剖视图的规定画法

1) 对于机件的肋板、轮辐及薄壁等，如按纵向剖切，这些结构都不画剖面符号，而用粗实线将它们与邻接部分分开，如图 4-41 所示。

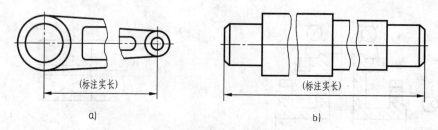

图 4-40　折断画法

a）按一定规律变化　b）形状一致

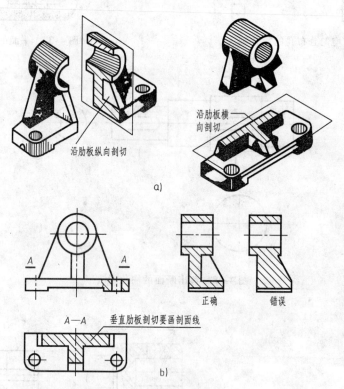

图 4-41　剖视图的规定画法（一）

a）纵向和横向剖切立体示意图　b）对应的剖视图

2）当零件回转体上均匀分布的肋、轮辐、孔等结构不位于剖切平面上时，可将这些结构旋转到剖切平面再画出，如图 4-42 所示。

3）在剖视图中可再作一次局部剖，俗称"剖中剖"，采用这种表达方法时，两个剖面的剖面线方向和间隔应一致，但要相互错开，并用引出线标注其名称"×—×"；当剖切位置明显时，也可省略标注，如图 4-43 所示。

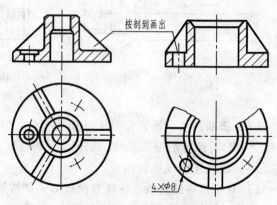

图 4-42　剖视图的规定画法（二）

4）需要表示位于剖切平面之前的结构时，这些结构可按假想投影的轮廓线绘制，如图 4-44 所示。

> 均匀分布于一个圆周上的孔，剖到一个画一个，剖到两个画两个，一个没有剖到也要画一个。

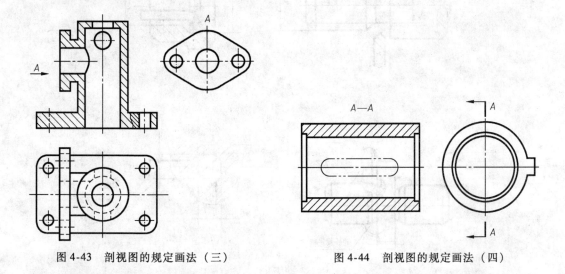

图 4-43　剖视图的规定画法（三）　　　　　　图 4-44　剖视图的规定画法（四）

五、零件机加工的工艺结构及尺寸标注

1. 倒角和倒圆角

为便于零件的装配和去除零件毛刺，零件上常加工出倒角。为避免因应力集中而产生裂纹，提高零件的抗疲劳强度，轴肩处应有圆角过渡。45°倒角为常见倒角，它的尺寸标注可简化，其他倒角的尺寸标注不可以简化，如图 4-45b 所示的 C2。

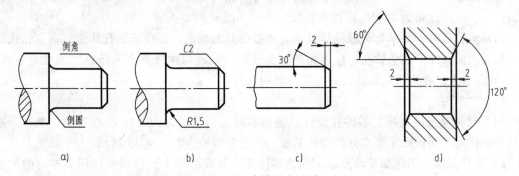

图 4-45　倒角和倒圆角

a）倒角和倒圆示意图　b）45°倒角和 R1.5mm 倒圆的标注　c）30°倒角的标注　d）60°倒角的标注

> 倒角是为了去除零件毛刺和方便零件装配。倒圆角是为了避免应力集中和提高疲劳强度。

2. 退刀槽和砂轮越程槽

在车削和磨削加工时，为了退刀或退砂轮的安全和工艺上的要求，通常在加工部分的末端，预加工出退刀槽或砂轮越程槽，如图 4-46 所示。

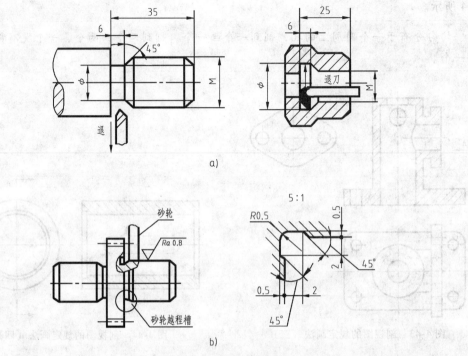

图 4-46　退刀槽和砂轮越程槽

a）退刀槽　b）砂轮越程槽

3. 钻孔结构

用钻头钻出的不通孔，由于钻头的结构原因而在孔的末端形成的约 120° 的锥顶角，画图时必须画出，一般不标注。圆柱部分的深度称为钻孔深度，如图 4-47a 所示的 h。在阶梯形钻孔中，有锥顶角为 120° 的圆锥台，如图 4-47b 所示。

用钻头钻孔时，要求钻头轴线尽量垂直于被钻孔的端面，以保证钻孔质量，避免钻头折断。如要在曲面或斜面上钻孔，应预先把钻孔表面加工成与轴线垂直的凸台、凹坑或平面，图 4-48 所示为三种钻孔端面的合理与不合理的结构。

4. 尺寸标注

（1）尺寸基准的选择　零件在设计、制造和检验时，计量尺寸的起点为尺寸基准。根据基准的作用不同，尺寸基准分为设计基准、工艺基准等，如图 4-49 所示。

1）设计基准。为达到设计要求，根据零件在机器或部件中的位置和作用而选定的尺寸基准，叫做设计基准。

2）工艺基准。加工和测量时所使用的基准叫做工艺基准。实际生产中，应尽可能使工艺基准与设计基准重合。

零件长、宽、高三个方向的尺寸都至少有一个尺寸基准。同一方向上可以有多个尺寸基准，但其中必定有一个是主要的，称为主要基准，其余的称为辅助基准。

主要基准应与设计基准和工艺基准重合，工艺基准应与设计基准重合，这一原则称为"基准重合原则"。当工艺基准与设计基准不重合时，主要基准要与设计基准重合。

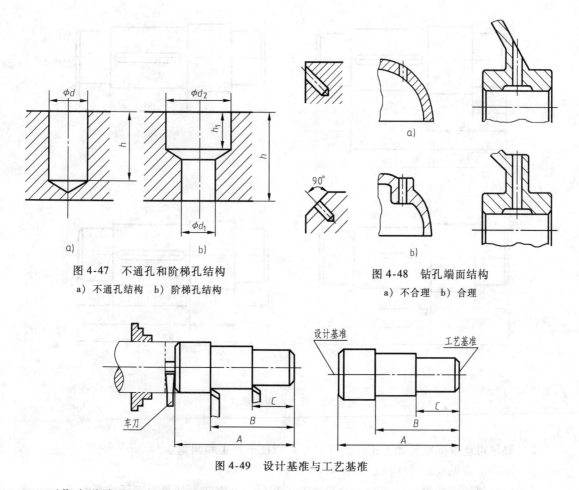

图 4-47　不通孔和阶梯孔结构

a）不通孔结构　b）阶梯孔结构

图 4-48　钻孔端面结构

a）不合理　b）合理

图 4-49　设计基准与工艺基准

可作为设计基准或工艺基准的点、线、面主要有：对称平面、主要加工面、安装底面、端面、孔的轴线等。此外，这些平面、轴线常常是标注尺寸的基准。

（2）尺寸的标注步骤　标注复杂零件的尺寸通常按下述步骤进行：

1）分析尺寸基准，标注出主要形体的定位尺寸。

2）进行形体分析，标注出主要形体的定形及定位尺寸。

3）进行形体分析，标注次要形体结构的定形及定位尺寸。

4）整理加工，完成全部尺寸的标注。

（3）尺寸配置的形式

1）基准型尺寸配置，如图 4-50a 所示。这种尺寸配置形式的优点是：任一尺寸的加工误差不影响其他尺寸的加工精度。

2）连续型尺寸配置，如图 4-50b 所示。这种尺寸标注的形式，其总尺寸的误差则是各段尺寸误差之和。

3）综合型尺寸配置，如图 4-50c、d 所示。综合型尺寸配置是上述两种尺寸配置形式的综合，其各尺寸的加工误差都累加到空出不注的一个尺寸上，如图 4-50d 中的尺寸 e、f。

（4）标注尺寸应注意的问题

1）零件图上的重要尺寸必须直接注出，以保证设计要求。

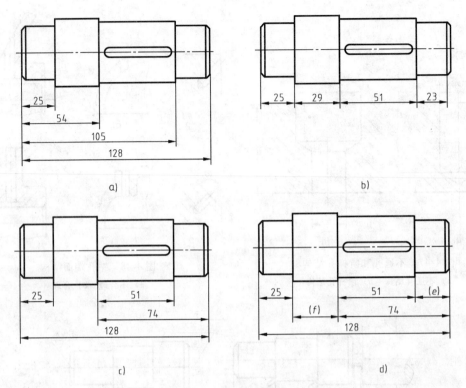

图 4-50　尺寸配置的形式
a) 基准型　b) 连续型　c)、d) 综合型

2）要尽可能根据机械加工工序配置尺寸，以便于加工和测量。

3）零件上常见孔的尺寸注法见表 4-2。

4）标注铸件（或锻件）毛坯面的尺寸时，在同一个方向上如果有若干个毛坯面，一般只能有一个毛坯面与加工面有联系尺寸，而其他毛坯面则要以该毛坯面为基准标注。

5）尺寸标注要符合工艺要求。

表 4-2　零件上常见孔的尺寸注法

结 构 类 型		简 化 注 法		一 般 注 法
螺孔	通孔	3×M6-7H	3×M6-7H	3×M6-7H
	不通孔	3×M6-7H▽10	3×M6-7H▽10	3×M6-7H　10

（续）

结构类型	简化注法	一般注法
沉孔　锥形沉孔	6×φ7　φ13×90°　　6×φ7　φ13×90°	90°　φ13　φ7
沉孔　柱形沉孔	4×φ9　□φ20　　4×φ9　□φ20	φ20□　4×φ9

六、螺纹及其画法

1. 螺纹的要素

（1）牙型　螺纹有内螺纹、外螺纹，按其牙型可分为三角形螺纹（用 M 表示）、梯形螺纹（用 Tr 表示）、锯齿形螺纹（用 B 表示）、矩形螺纹等。其中，矩形螺纹尚未标准化，其余牙型的螺纹均为标准螺纹。下面以普通螺纹为例加以说明。

（2）直径　如图 4-51 所示，螺纹的直径有大径、小径、中径。

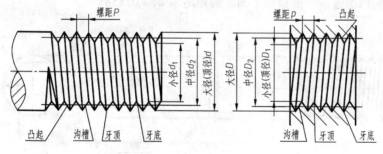

图 4-51　螺纹的直径

（3）线数 n　螺纹有单线和多线之分。沿一条螺旋线形成的螺纹为单线螺纹；沿两条或两条以上的螺旋线形成的螺纹为双线或多线螺纹，如图 4-52 所示。

（4）螺距 P 和导程 P_h　螺距 P 是螺纹上相邻两牙在中径线上对应两点间的轴向距离。导程 P_h 是沿同一条螺纹线形成的螺纹，相邻两牙在中径线上对应两点间的轴向距离，如图 4-52 所示。对于单线螺纹，$P_h = P$；对于多线螺纹，$P_h = nP$。

（5）旋向　螺纹有左旋和右旋两种旋向，如图 4-53 所示。旋向的判别方法为左、右手定则，或将轴线铅垂放置，看螺纹哪边高——左边高为左旋，右边高为右旋。右旋螺纹为工程上的常用螺纹。

2. 外螺纹的画法

螺纹的画法并不按照具体的结构投影绘制，而是按照国家标准的规定画法绘制。如图

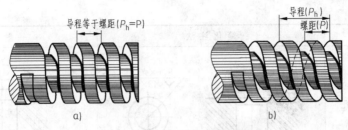

图 4-52　螺纹的线数

a) 单线螺纹　b) 双线螺纹

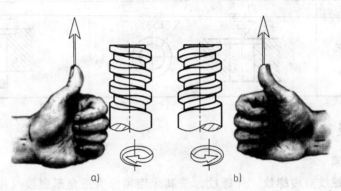

图 4-53　螺纹的旋向

a) 左旋　b) 右旋

4-54 所示，螺纹终止线、牙顶用粗实线绘制，牙底用细实线绘制；投影为圆的视图，牙底用约 3/4 的细实线圆绘制，倒角圆不画。画图时取 $d_1 = 0.85d$。

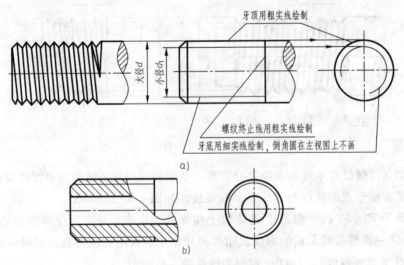

图 4-54　外螺纹的画法

a) 外螺纹画法规定　b) 外螺纹局部剖

3. 内螺纹的画法

如图 4-55 所示，螺纹终止线、牙顶用粗实线绘制，牙底用细实线绘制；投影为圆的视图，牙底用约 3/4 的细实线圆绘制，倒角圆不画。画图时取 $D_1 = 0.85D$。

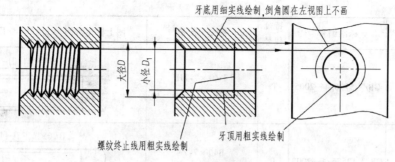

牙底用细实线绘制,倒角圆在左视图上不画

大径D 小径D_1

螺纹终止线用粗实线绘制

牙顶用粗实线绘制

图 4-55 内螺纹的画法

摸得着的直径画粗实线,摸不着的直径画细实线。

4. 普通螺纹的标记规定（GB/T 4459.1—1995）

普通螺纹的完整标记由螺纹特征代号、尺寸代号、公差带代号、旋合长度代号和旋向代号组成。现以一个多线的左旋普通螺纹为例,说明其标记中各部分代号的含义及注写规定,如图 4-56 所示。

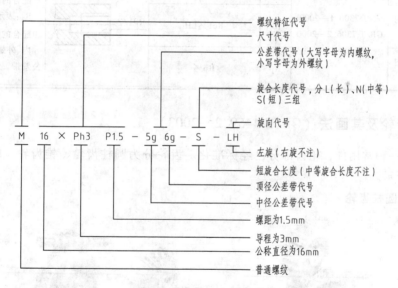

M 16 × Ph3 P1.5 — 5g 6g - S - LH

螺纹特征代号
尺寸代号
公差带代号（大写字母为内螺纹,小写字母为外螺纹）
旋合长度代号,分 L（长）、N（中等）S（短）三组
旋向代号
左旋（右旋不注）
短旋合长度（中等旋合长度不注）
顶径公差带代号
中径公差带代号
螺距为1.5mm
导程为3mm
公称直径为16mm
普通螺纹

图 4-56 常用螺纹的标注示例

根据螺纹标准,表 4-3 列出了常用标准螺纹的标记规定。螺纹的有关参数见附录 A。

表 4-3 常用标准螺纹的标记规定

螺纹类别	标准编号	特征代号	标记示例	图上标注示例	附 注
普通螺纹	GB/T 197—2003	M	M8×1-LH M16×Ph6P2-7g6g-L	M8 M8	粗牙不注螺距,左旋时尾加"-LH";中等公差精度（如 6H、6g）不注公差带代号;中等旋合长度不注"N"（下同）;多线时注出 P_h（导程）、P（螺距）

（续）

螺纹类别		标准编号	特征代号	标记示例	图上标注示例	附　注
梯形螺纹		GB/T 5796.4—2005	Tr	Tr40 × 7-7H Tr40 × 14(P7)-LH − 7e	Tr40×14(P7)-LH-7e	
锯齿形螺纹		GB/T 13576.4—2008	B	B40 × 7-7e B40 × 14(P7)-LH-8e-L	B40×14(P7)-LH-8e-L	
55°非密封管螺纹		GB/T 7307—2001	G	G1½A G1/2-LH	G1½ LH	外螺纹的公差等级分A级和B级两种；内螺纹公差等级只有一种
55°密封管螺纹	圆锥外螺纹	GB/T 7306.1—2000、 GB/T 7306.2—2000	R_1	$R_1$3	RP1/2	R_1：表示与圆柱内螺纹相配合的圆锥外螺纹； R_2：表示与圆锥内螺纹相配合的圆锥外螺纹； 内、外螺纹均只有一种公差带，故省略不注
			R_2	$R_2$3/4		
	圆锥内螺纹		Rc	Rc1½LH		
	圆柱内螺纹		Rp	Rp½		

七、齿轮及其画法（GB/T 4459.2—2003）

齿轮是一种常用件，轮齿部分已经标准化。齿轮分为圆柱齿轮、锥齿轮、蜗杆、蜗轮，如图 4-57 所示。

1. 直齿圆柱齿轮

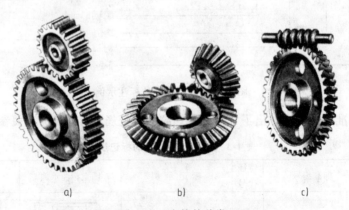

　　　　a)　　　　　　　　　　b)　　　　　　　　　c)

图 4-57　齿轮的种类

a）圆柱齿轮　b）锥齿轮　c）蜗轮、蜗杆

齿轮是用专用机床加工出来的，用于传递运动和动力及实现变速。

（1）直齿圆柱齿轮各部分的名称及参数　其包括齿数 z、齿顶圆直径 d_a、齿根圆直径 d_f、分度圆直径 d、齿高 h、齿顶高 h_a、齿根高 h_f、齿距 p、齿厚 s、齿宽 b、模数 m、齿形角 α 等，如图 4-58 所示。

模数是设计齿轮的重要参数，与齿距 p 有关。模数越大，齿轮轮齿就越大；模数越小，齿轮轮齿就越小。轮齿越大，传递力矩就越大。一对啮合齿轮，其齿距应相等，因此模数也必相等。不同模数的齿轮，要用不同的刀具加工制造。为了设计方便，模数值已经标准化。通用机械和重型机械用渐开线圆柱齿轮模数见表 4-4。

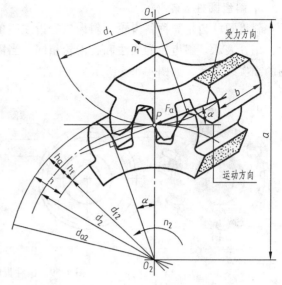

图 4-58　齿轮参数

表 4-4　通用机械和重型机械渐开线圆柱齿轮模数（GB/T 1357—2008）（单位：mm）

第一系列	1,1.25,1.5,2,2.5,3,4,5,6,8,10,12,16,20,25,32,40,50
第二系列	1.125,1.375,1.75,2.25,2.75,3.5,4.5,5.5,(6.5),7,9,11,14,18,22,28,36,45

已知模数 m 和齿数 z 时，齿轮轮齿的其他参数均可以计算出来，计算公式见表 4-5。

表 4-5　直齿圆柱齿轮各几何要素的尺寸计算

序号	名称	代号	公　式
1	模数	m	m 由强度计算或结构设计确定，并按表 4-4 取为标准值
2	分度圆直径	d	$d = zm$
3	齿顶圆直径	d_a	$d_a = m(z+2)$
4	齿根圆直径	d_f	$d_f = m(z-2.5)$
5	齿距	p	$p = \pi z$
6	齿顶高	h_a	$h_a = m$
7	齿根高	h_f	$h_f = 1.25m$
8	齿高	h	$h = h_a + h_f = 2.25m$
9	中心距	a	$a = \dfrac{d_1 + d_2}{2} = \dfrac{(z_1 + z_2)m}{2}$
10	齿厚	s	$s = \dfrac{1}{2}\pi m$

（2）直齿圆柱齿轮的画法　单个齿轮的画法如图 4-59a、b 所示。齿顶圆和齿顶线用粗实线绘制，分度圆和分度线用细点画线表示，齿根圆和齿根线用细实线绘制（也可省略不画）。在剖视图中，齿根线用粗实线绘制。当剖切平面通过轮齿时，轮齿一律按不剖绘制。除轮齿部分外，齿轮的其他部分结构均按真实投影画出，如图 4-59b 所示。

2. 斜齿圆柱齿轮

斜齿圆柱齿轮简称斜齿轮。斜齿轮的齿在一条螺旋线上，螺旋线和轴线的夹角称为螺旋角，用 β 表示。斜齿轮的画法和直齿轮相同，当需要表示螺旋线方向时，可用三条与齿向相同的细实线表示，如图 4-59c 所示。

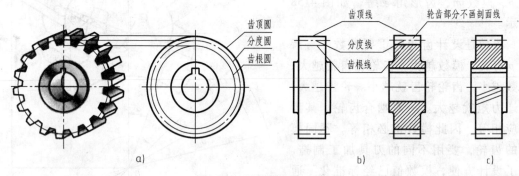

图 4-59　圆柱齿轮的画法
a）外形　b）全剖　c）半剖（斜齿轮）

　　齿轮的画法：三条线，三个圆。

任务 15　绘制端盖的零件图

图 4-60 所示是端盖的零件图和立体图。

1. 结构分析

该零件的基本形状是扁平的盘状，是由同轴不同直径的回转体或其他形状的扁平板状组成，其厚度方向尺寸比其他方向尺寸小得多，如图 4-60 所示。这类零件由铸造或锻造成毛坯，经过必要的切削加工而成。上面结构有凸台、凹坑，均布安装孔、螺纹孔、销孔等。

2. 视图分析

该零件采用主视图、左视图表示。主视图按工作位置或加工位置放置，以反映端盖厚度方向一面作为画主视图的投射方向，主视图采用 A—A 阶梯剖视图，表示其外部和内部的结构形状，用左视图表示外形轮廓，孔、槽的结构及分布情况。

3. 尺寸标注

1）以主要回转体轴线、形体主要对称面或经过加工的较大接合面作为长、宽、高方向尺寸的主要基准。如图 4-60 所示，它的左端面是厚度（高度）方向尺寸主要基准，左视图中两条对称中心线为另两个方向尺寸的主要基准。

2）盘盖类零件各组成部分的定形尺寸和定位尺寸较为明显，标注尺寸时，还应注意应用形体分析法。

3）零件上的圆柱体直径和较大孔径，其尺寸应标注在非圆视图上，而位于盘上许多小圆孔的尺寸较多标注在圆的视图上，并应直接标注出它们的相对位置尺寸。对沉孔、销孔的尺寸，应采用规定注法。

4. 读懂技术要求

有配合要求的表面和起定位作用的表面，其表面粗糙度值和尺寸精度要求较高，如图

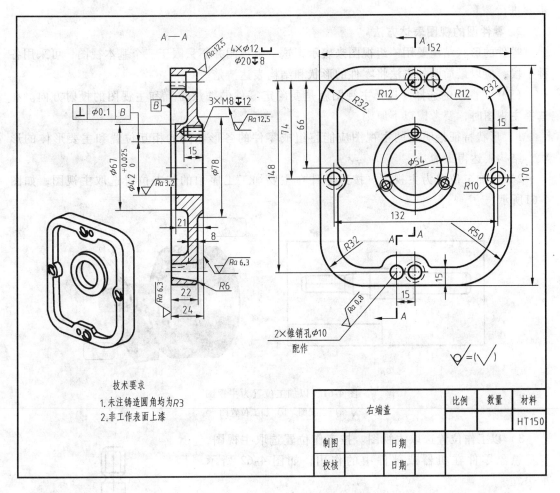

图 4-60　端盖

4-60 所示的 $\phi 42^{+0.025}_{0}$ mm 的孔，其表面粗糙度值为 $Ra3.2\mu m$，且其孔的轴线与左端基准 B 有垂直度要求。

八、零件图的表达方案及作用

1. 零件图的内容

零件图是指导制造、加工零件的技术文件，它表示零件的结构形状、大小和有关技术要求。从图 4-60 中可知，一张完整的零件图应包含：

1）一组视图，用来表达零件的结构形状。

2）一组尺寸，用来确定零件的大小。

3）技术要求，用来给出零件制造和检验时所应达到的各项技术指标、要求等。

4）标题栏，用来填写零件的名称、材料、比例、图号以及制图、审核人员的责任签名等。

常见的零件一般可分为轴套类零件、盘盖类零件、叉架类零件和箱体类零件等四大类。对一个具体的零件进行分析时，常按结构分析、视图分析、尺寸标注、技术要求等四个步骤进行。

2. 零件图的视图表达方法

零件的形状结构要用一组视图来表示，这一组视图并不只限于三个基本视图，可采用各种手段，应以最简明的方法将零件的形状和结构表达清楚。

（1）主视图的选择　选择主视图就是要确定零件的摆放位置和主视图的投射方向。在选择主视图时，要考虑以下原则：

1）形状特征最明显的主视图应能将组成零件的各形体间的相互位置和主要形体的形状、结构表达得最清楚。

2）以加工位置为主视图。按照零件在主要加工工序中的装夹位置选取主视图，如图4-61所示。

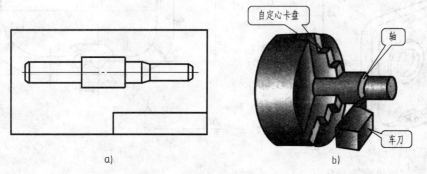

图 4-61　以加工位置为主视图
a）主视图　b）加工位置图

3）以工作位置选取主视图。按工作位置选取主视图，容易想象零件在机器或部件中的作用，如图 4-62 所示吊钩。

（2）其他视图的选择　其他视图的选择原则是：配合主视图，在完整、清晰地表达出零件结构形状的前提下，视图数应尽可能少。所以，配置其他视图时应注意以下几个问题：

1）每个视图都有明确的表达重点，各个视图互相配合、互相补充，表达内容尽量不重复。

2）根据零件的内部结构，选择恰当的剖视图和断面图。

3）对尚未表达清楚的局部形状和细小结构，补充必要的局部视图和局部放大图。

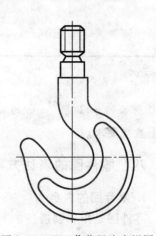

图 4-62　以工作位置为主视图

3. 典型零件的表达方法

（1）轴套类零件的表达方法　轴套类零件的主要加工工序在车床、磨床上进行，所以应以加工位置和反映这类零件结构形状信息量最多的方向作为主视图投射方向，把轴线水平放置，并尽可能地把直径小的一端放在右端，便于加工时图与物对照着读图。这类零件的主要结构为同轴回转体，一般只需一个基本视图——主视图，个别情况多于一个视图。零件上其他的结构形状，如在轴上的孔、键、槽等结构，可采用局部视图、局部剖视、断面图表示；退刀槽、砂轮越程槽、倒角、倒圆等结构常采用局部放大图和简化表示法；中心孔图样不绘制详细结构，只需注出其代号。

（2）盘盖类零件的表达方法　盘盖类零件包括法兰盘、端盖，各种轮子（手轮、齿轮、带轮）等。这类零件在机器中主要用于传递转矩、支承、轴向定位和密封等。盘盖类零件的基本形状是扁平的盘状，一般由同轴而不同直径的回转体或其他形状的扁平状板组成，其厚度方向尺寸往往比其他方向尺寸小得多。这类零件通常由铸造或锻造成毛坯经过必要切削加工而成，常见的结构有凸台、凹坑，均布安装孔、螺纹孔、销孔、轮辐、键槽等。

盘盖类零件一般采用主视图、左（或右）视图表示。其中，主视图按工作位置或加工位置放置，以反映盘盖厚度方向一面作为画主视图的投射方向，如果主要加工在车床上进行，则应把轴线水平放置，主视图常采用单一剖切面、相交剖切面或平行剖切面作出全剖视图或半剖视图，表示其内、外部结构形状和相对位置。左（或右）视图表示外形轮廓，孔、槽结构及分布情况。此外，零件其他细小的结构常采用断面图、局部视图或局部放大图表示。

（3）叉架类零件的表达方法　叉架类零件包括拨叉、连杆、摇臂、杠杆等。该类零件常起支承、联接和拨动零件的作用，常由铸造、锻造制成毛坯，经过必要的机械加工而成。叉架类零件的结构形状多样化，差别较大，但都是由支承部分、拨动部分和联接部分（不同断面形状联接板、肋板和实心杆）所组成，具有铸（锻）造圆角、起模斜度、凸台、凹坑等常见结构。

叉架类零件一般以自然平稳位置和工作位置放置，并选取反映结构形状特征的方向作为画主视图的投射方向，常用两个或两个以上的基本视图表示，并根据具体结构辅以斜视图、局部视图。此外，为了表示其内部形状，常采用全剖视图或局部剖视，联接部分、肋板的断面形状则常采用断面图。

（4）箱体类零件的表达方法　箱体是机器或部件的外壳或座体，它是机器或部件中的骨架零件，起着支承、包容运动件、其他零件及油、汽等介质的作用。这类零件多为铸件经过必要的机械加工而成。

箱体类零件结构形状较为复杂，其总体特点是：由薄壁围成不同形状的较大空腔、与其相连供安装用的底板组成壳体；在箱壁上有供安装轴承用的圆孔或半圆孔及带螺纹的凸缘，常用肋板加固；在底板上带有螺栓孔及其凸台或凹坑；此外还常有销孔、倒角、起模斜度、铸造圆角等细小结构。

由于箱体类零件结构形状复杂、加工位置多变，一般以工作位置及最能反映其各组成部分形状特征和相对位置的方向作为主视图的投射方向。通常采用三个以上基本视图，并根据箱体结构特点选择合适的剖视图，表示其外部和内腔的形状。

当箱体零件的内、外形状都较复杂，且投影重叠，可采用局部剖视；对内形复杂，外形简单或外形已在其他视图表示的，采用全剖视；对内、外形状都需表示，投影重叠的，采用局部剖视；若箱体对称可采用半剖视图表达。对较小结构，常采用局部剖视图和断面图。

九、键和销及其画法

1. 键

为了使齿轮、带轮等零件和轴一起转动，通常在轮孔和轴上分别加工出键槽，将键嵌入，用键将轮和轴联接起来一起转动，如图 4-63 所示。

常用键及其标记：

常用的键有普通型平键、普通型半圆键和钩头型楔键等。普通型平键又有 A 型、B 型和 C 型三种，其结构、尺寸、规定标记见附录 G。

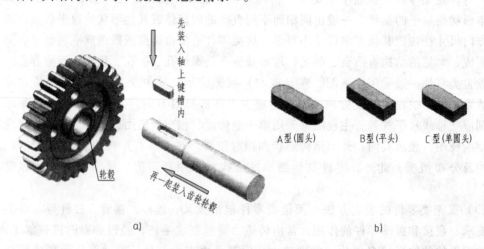

图 4-63 键联接及普通型平键

a）键联接 b）普通型平键

2. 销

销属于标准件，主要用来联接、锁定和定位，常用的有圆柱销、圆锥销，如图 4-64 所示，其规格、尺寸见附录 H。

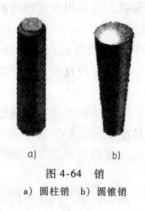

图 4-64 销

a）圆柱销 b）圆锥销

任务 16 绘制叉架类的零件图

图 4-65 所示是叉架的零件图和立体图。

1. 结构分析

叉架类零件的结构形状多样化，差别较大，但都是由支承部分、拨动部分和联接部分（不同断面形状联接板、肋板和实心杆）所组成，具有铸（锻）造圆角、起模斜度、凸台、凹坑等常见结构。

2. 表示方法

1）叉架类零件一般以工作位置放置，并选取反映结构形状特征的方向作为画主视图的

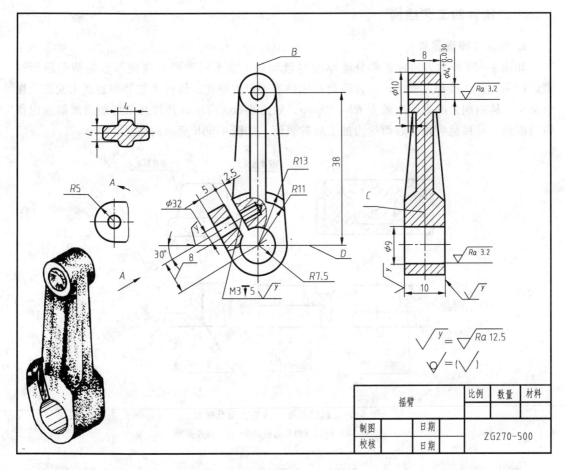

图 4-65　叉架

投射方向。

2）该零件采用主视图、右视图。其中，主视图全剖，右视图局部剖，并辅以 A 向斜视图及断面图。

3. 尺寸标注

1）以对称面 B 及 C 为长、宽方向尺寸的主要基准，$\phi 9$mm 的轴线 D 为高度方向尺寸的主要基准。

2）叉架类零件各组成形体的定形尺寸和定位尺寸比较明显，标注尺寸时，注意应用形体分析法。

4. 读懂技术要求

叉架类零件对支承孔常有较高尺寸精度、表面粗糙度的要求，如 $\phi 4^{+0.030}_{0}$mm 圆孔，其表面粗糙度值要求为 $Ra3.2\mu$m。

叉架类零件结构比较特殊，很难以自然位置的形式放平稳，所以一般按工作位置放置，以装配特征方向为主视图，另需要一二个基本视图才能表达清楚。

十、铸件的工艺结构

1. 壁厚和铸造圆角

如图4-66c所示，铸件各部分壁厚应尽量均匀，在不同壁厚处应使厚壁与薄壁逐渐过渡，以免铸件在冷却过程中，在较厚处形成热节，产生缩孔。铸件上相邻两表面相交处应做成圆角，铸造圆角的大小一般为 $R3 \sim R5\text{mm}$，如图4-66b所示。铸件凡未切削表面都应保留铸造圆角，铸件呈尖角的表面均为加工后的表面，如图4-66b所示的底面。

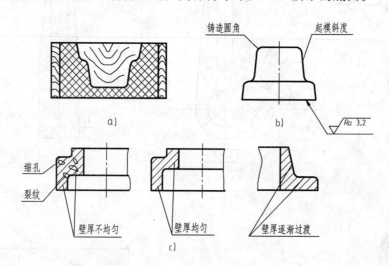

图4-66　起模斜度、铸造圆角及壁厚
a）铸模　b）铸造圆角和起模斜度　c）铸件壁厚

铸件在冷却时，壁薄的地方冷得快，壁厚的地方冷得慢，这就使得冷得快的地方抢冷得慢的地方的材料，从而造成裂纹和缩孔。

2. 起模斜度

铸件在起模时，为了起模顺利，在沿起模方向的内外壁上应有适当斜度，称为起模斜度。一般沿木模起模方向做成1:20的斜度，如图4-66a、b所示。铸件的起模斜度在图中可不画出、不标注，必要时可在技术要求中说明。

3. 过渡线

如前所述，两个非切削表面相交处一般均做成过渡圆角，所以两表面的交线就变得不明显。这种交线称为过渡线，如图4-67所示。

4. 工艺凸台和凹坑

为了减少加工表面，使配合面接触良好，常在两接触面处制出凸台和凹坑，如图4-68所示。

十一、表面结构及其标注方法

国家标准 GB/T 131—2006 对零件表面结构的表示法作了全面的规定。本节只简要介绍其中应用最多的表面粗糙度在图样上的表示法及其符号、代号的标注和识读方法。

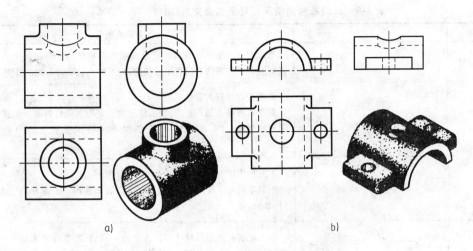

图 4-67 过渡线画法

a）画法示例一 b）画法示例二

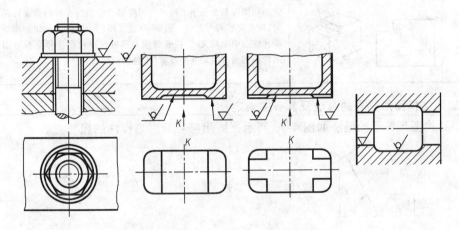

图 4-68 工艺凸台和凹坑

在零件加工时，由于切削变形和机床振动等因素的影响，使零件的实际加工表面存在着微观的高低不平，这种微观的高低不平程度称为表面粗糙度，如图 4-69 所示。表面粗糙度对零件的配合性能、耐磨性、密封性及外观等都有很大影响。峰、谷及其间距越小，其表面性能越好，但加工成本越高。因此，应根据零件的作用恰当地确定表面粗糙程度要求。

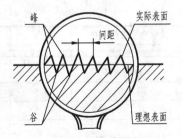

图 4-69 表面粗糙度的概念

1. 表面粗糙度的评定参数

表面粗糙度的主要评定参数为轮廓算术平均偏差 Ra 和轮廓最大高度 Rz，它们的常用参数值为 $0.4\mu m$、$0.8\mu m$、$1.6\mu m$、$3.2\mu m$、$6.3\mu m$、$12.5\mu m$、$25\mu m$。数值越小，表面越平滑；数值越大，表面越粗糙。其数值的选用应根据零件的功能要求而定。

2. 表面结构的图形符号

在图样中，对表面粗糙度的要求可用几种不同的符号表示。各种符号及含义见表 4-6。

表 4-6　表面结构的图形符号及其含义　（GB/T 131—2006）

名称	符号	含义及说明
基本符号	√	表示对表面结构有要求的符号。基本符号仅用于简化代号的标注，当通过一个注释解释时可单独使用，没有补充说明时不能单独使用
扩展符号	∀	要求去除材料的符号 在基本符号上加一短横，表示指定表面是用去除材料的方法获得，如通过机械加工（车、铣、钻、磨、剪切、抛光、腐蚀、电火花加工、气割等）的表面
	∀○	不允许去除材料的符号 在基本符号上加一个圆圈，表示指定表面是用不去除材料的方法获得，如铸、锻等
完整符号	√ √ √	在上述所示的图形符号的长边上加一横线，用于对表面结构有补充要求的标注。左、中、右符号分别用于"允许任何工艺"、"去除材料"、"不去除材料"方法获得的表面的标注
工件轮廓各表面的符号	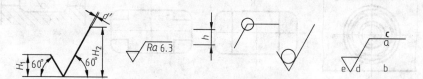	当在图样某个视图上构成封闭轮廓的各表面有相同的表面结构要求时，应在完整符号上加一圆圈，标注在图中工件的封闭轮廓线上。如果标注会引起歧义时，各表面应分别标注。左图符号是指对图形中封闭轮廓的六个面的共同要求（不包括前后面）

3. 表面结构图形符号的画法及其有关规定

表面结构图形符号的画法如图 4-70 所示，图形符号及附加标注的尺寸见表 4-7。

图 4-70　表面结构图形符号的画法

表 4-7　表面结构图形符号及附加标注的尺寸　　　　　　　　（单位：mm）

数字和字母的高度	2.5	3.5	5	7	10	14	20
符号线宽 d'	0.25	0.35	0.5	0.7	1	1.4	2
字母线宽 d	0.25	0.35	0.5	0.7	1	1.4	2
高度 H_1	3.5	5	7	10	14	20	28
高度 H_2（最小值）	7.5	10.5	15	21	30	42	60

4. 表面结构的标注

表面结构要求对每一表面一般只标注一次，并尽可能标注在相应的尺寸及其公差的同一视图上。除非另有说明，否则所标注的表面结构要求是对完工零件表面的要求。

（1）表面结构符号、代号的标注方向　表面结构要求的注写和读取方向应与尺寸的注写和读写方向一致，如图4-71 所示。

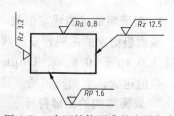

图 4-71　表面结构要求的注写方向

（2）表面结构要求的标注 表面结构要求在图样中的标注位置和方向见表4-8。

表4-8 表面结构要求在图样中的标注位置和方向

标注位置	标注图例	说 明
标注在轮廓线或其延长线上		其符号应从材料外指向并接触表面或其延长线，或用箭头指向表面或其延长线。必要时可以用黑点或用箭头引出标注
标注在特征尺寸线上		在不至于引起误解时，表面结构要求可以标注在给定的尺寸线上
标注在形位公差框格的上方		表面结构要求可以标注在形位公差框格的上方
标注在圆柱和棱柱表面上		圆柱和棱柱表面的结构要求只标注一次，如果每个表面有不同的表面结构要求，则应分别单独标注

（3）表面结构要求的简化注法。表面结构要求的简化注法见表4-9。

表 4-9   表面结构要求的简化画法

项　目	标 注 图 例	说　明
有相同表面结构要求的简化注法	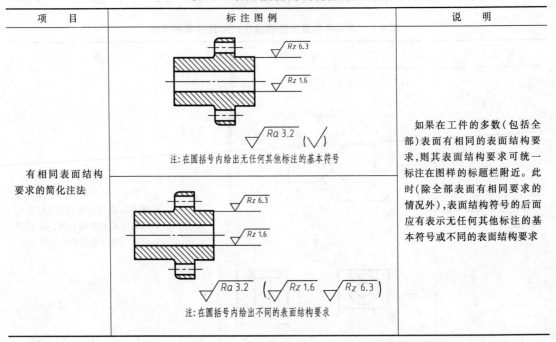注:在圆括号内给出无任何其他标注的基本符号 注:在圆括号内给出不同的表面结构要求	如果在工件的多数(包括全部)表面有相同的表面结构要求,则其表面结构要求可统一标注在图样的标题栏附近。此时(除全部表面有相同要求的情况外),表面结构符号的后面应有表示无任何其他标注的基本符号或不同的表面结构要求

（4）表面粗糙度代号的识读举例。（表4-10）

表 4-10   表面粗糙度代号识读举例

序号	代　号	含 义 及 解 释
1	$\sqrt{}$ Rz 0.4	表示不允许去除材料,Rz 的上限值为 0.4μm （当只标注上限值时,表示在测得的全部实测值中,大于规定值的个数不超过测得值总个数的 16% 时,该表面为合格,此称"16%规则"）
2	$\sqrt{}$ Rz max0.2	表示去除材料,Rz 的最大值为 0.2μm （当只标注最大值时,表示在测得的全部实测值中,一个也不超过图样上的规定值时,该表面为合格,此称"最大规则"。凡在参数代号后面加注"max"者,则可判定该参数为最大值）
3	$\sqrt{}$ U Ra max3.2 L Ra 0.8	表示不允许去除材料。双向极限值;Ra 的上限值为 3.2μm;"最大规则";Ra 的下限值为 0.8μm;"16%规则"（默认——凡在参数代号后无"max"字样者,均为"16%规则"） "U"为上限值代号,"L"为下限值代号。只标注单项极限值时,一般是指上限值,不必加 U。如果是指参数的下限值,则必须在参数代号前加注"L"
4	$\sqrt{}$ Ra max6.3 Rz 12.5	表示任意加工方法,两上单项上限值:Ra 的最大值为 6.3μm;"最大规则";Rz 的上限值为 12.5μm;"16%规则"（默认）
5	Cu/Ep·Ni5bCr0.3r $\sqrt{}$ Rz 0.8	粗糙度的最大高度 Rz 的上限值为 0.8μm,"16%规则"（默认） 表面处理: 铜件、镀镍/铬 表面要求对封闭轮廓的所有表面有效

表面结构要求对每一表面一般只标注一次，并尽可能地注在相应的尺寸及其公差的同一视图上。注写和读取方向与尺寸的注写和读取方向一致。

十二、极限与配合及其注法

1. 基本术语

极限与配合是对零件加工部位的尺寸和零件间配合的要求。图 4-72 所示是极限与配合的代号。图 4-73 所示为轴、孔的尺寸公差标注及公差带图。

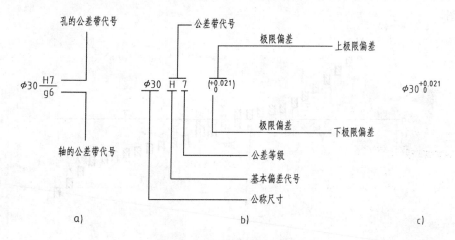

图 4-72 极限与配合代号

a）轴与孔的配合代号形式 b）尺寸公差标注形式1 c）尺寸公差标注形式2

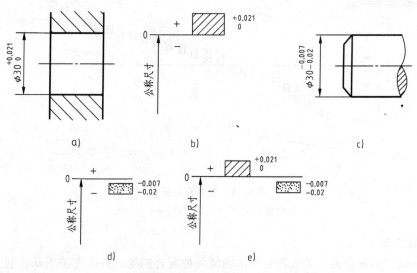

图 4-73 轴、孔尺寸公差标注和公差带图

a）孔尺寸公差标注 b）孔公差带图 c）轴尺寸公差标注 d）轴公差带图 e）轴孔配合公差带图

注意：

1）上极限偏差 > 下极限偏差；

2）公差 = 上极限偏差 − 下极限偏差 > 0；

3）最大极限尺寸 = 公称尺寸 + 上极限偏差；

4）最小极限尺寸 = 公称尺寸 + 下极限偏差。

2. 标准公差和基本偏差

标准公差等级用 IT 表示，共有 20 个等级，分为 IT01、IT0、IT1、IT2、IT3 ~ IT18。IT01 要求最高，IT18 要求最低。标准公差数值可查阅附录 J。

基本偏差是上、下极限偏差中绝对值较小的那个，或者说是在公差带图中离零线较近的那个偏差，用以确定公差带相对于零线的位置，如图 4-74 所示。孔和轴各有 28 个基本偏差，它的代号用拉丁字母表示，大写为孔，小写为轴。图 4-74a、b 所示为孔和轴的基本偏差系列图。

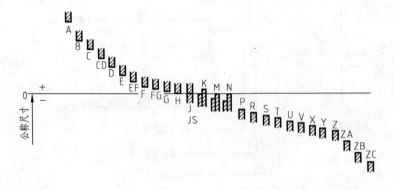

a)

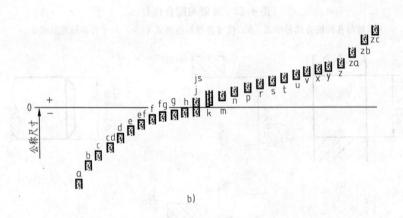

b)

图 4-74　基本偏差系列

a）孔的基本偏差代号　b）轴的基本偏差代号

3. 配合制度

国家标准中对配合规定了基孔制和基轴制两种配合制度，并优先采用基孔制。基孔制的孔为基准孔，代号为 H，其下极限偏差为零如图 4-75a 所示；基轴制的轴为基准轴，代号为 h，其上极限偏差为零，如图 4-75b 所示。

优先采用基孔制是因为轴与孔更易于加工，将孔做得要求低一些，轴做得要求高些，以达到所需的要求。

图 4-75　基准制

a）基孔制　b）基轴制

4. 配合种类

配合就是指公称尺寸相同的相互配合的孔和轴公差带之间的关系。根据配合的松紧程度，配合分为间隙配合、过渡配合、过盈配合三种，如图 4-75 所示。从图中不难看出：

1）间隙配合时，孔的实际尺寸总比轴的实际尺寸大。

2）过盈配合时，孔的实际尺寸总比轴的实际尺寸小。

3）过渡配合时，轴的实际尺寸有时比孔的实际尺寸大，有时又比孔的实际尺寸小。

这里应特别指出的是，配合指的是一批公称尺寸相同的孔和一批同一公称尺寸的轴的关系，而不是指的某一个孔和某一根轴的很具体的关系。

> 孔、轴的基本偏差代号图形似卧倒的钟、要记住，特别是 A（a）、H（h）、J（j）、JS（js）、ZC（zc）的特征。

5. 极限与配合的标注

（1）在装配图上的标注　在装配图上标注极限与配合，采用组合式标注法，即在公称尺寸的后面用分数形式注出，分子为孔的公差带代号，分母为轴的公差带代号，如图 4-76a、b所示。图 4-76c 所示为基孔制间隙配合公差带图。

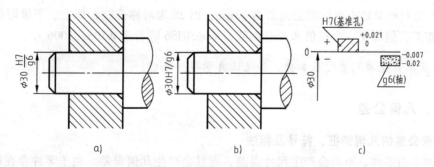

图 4-76　装配图上配合代号的注法

a）配合代号的注法 1　b）配合代号的注法 2　c）配合公差带图

（2）在零件图上的标注　在零件图上极限与配合的标注有三种形式：①在公称尺寸后面，只注写上、下极限偏差数值，如图 4-77a 所示，这是一种常用于单件小批量生产时的标注；②只注写公差带代号，如图 4-77b 所示，这是一种常用于大批量生产时的标注；③同时注写公差带代号和上、下极限偏差数值，如图 4-77c 所示。

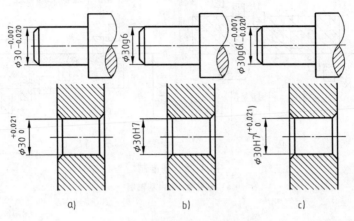

图 4-77　零件图上公差的注法
a) 注法 1　b) 注法 2　c) 注法 3

6. 查表确定极限偏差

如果已知公称尺寸和公差带代号，如 $\phi30H7/g6$、$\phi30JS6$，想知道孔、轴的极限偏差值时，可按下述方法查表：

1）$\phi30H7$ 是基准孔的公差带代号，其极限偏差可由附录 L 中查得。由公称尺寸大于 24 至 30 的行和公差带为 H7 的列相交处查得孔的极限偏差分别为 $+21\mu m$、$0\mu m$，即 $+0.021mm$、$0mm$，即该基准孔的上极限偏差为 $+21\mu m$，下极限偏差为 $0\mu m$，所以 $\phi30H7$ 等价于 $\phi30^{+0.021}_{0}$。

2）$\phi30g6$ 是与孔配合的轴，其公差带代号为 g6，其极限偏差可由附录 K 中查得。由公称尺寸大于 24 至 30 的行和公差带为 g6 的列相交处查得轴的极限偏差分别为 $-7\mu m$、$-20\mu m$，即 $-0.007mm$、$-0.02mm$，这就是说该轴的上极限偏差为 $-7\mu m$，下极限偏差为 $-20\mu m$，所以 $\phi30g6$ 等价于 $\phi30^{-0.007}_{-0.020}$。

3）$\phi30JS6$ 的极限偏差亦可由附录 J 中查得，由公称尺寸大于 18 至 30 的行和标准公差等级为 IT6 的列相交处查得标准公差值为 $13\mu m$，因 JS 为对称公差，即上、下极限偏差的绝对值大小相等，但却是一个正值和一个负值，即 $\phi30JS6$ 等价于 $\phi30\pm0.006$。

> 查表是工程技术人员的基本功，必须认真学习并掌握！

十三、几何公差

1. 几何公差的几何特征、符号及标注

经过加工的零件，不但会产生尺寸误差，而且会产生几何误差。由于零件存在严重的几何误差，将使其装配造成困难，影响机器的质量，因此，对于精度要求较高的零件，除给出尺寸公差外，还应根据设计要求，合理地确定出几何误差的最大允许值，只有这样，才能将其误差控制在一个合理的范围之内。为此，国家标准又规定了一项保证零件加工质量的技术指标——"几何公差"（GB/T 1182—2008），即旧标准中的"形状和位置公差。"

表 4-11　几何公差的几何特征和符号（GB/T 1182—2008）

公差类型	几何特征	符　号	有无基准	公差类型	几何特征	符　号	有无基准
形状公差	直线度	—	无	方向公差	线轮廓度	⌒	有
	平面度	▱	无		面轮廓度	⌓	有
	圆度	○	无	位置公差	位置度	⊕	有或无
	圆柱度	⌭	无		同心度（用于中心点）	◎	有
	线轮廓度	⌒	无		同轴度（用于轴线）	◎	有
	面轮廓度	⌓	无		对称度	=	有
方向公差	平行度	//	有		线轮廓度	⌒	有
	垂直度	⊥	有		面轮廓度	⌓	有
				跳动公差	圆跳动	↗	有
	倾斜度	∠	有		全跳动	⌁	有

几何公差代号包括：公差框格及指引线、特征符号、公差数值和其他有关符号、基准符号等，几何特征符号大小与框格中的字体同高，公差框格应水平或竖直放置，框格内的字高与图样中的尺寸数字等高，框格的高度为字高的 2 倍，长度可根据需要画出。公差符号、公差数字、框格线的宽均为字高的 1/10。基准代号由基准符号、连线和字母组成，几何公差代号与基准代号如图 4-78 所示。

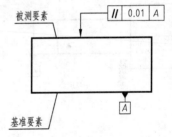

图 4-78　几何公差代号与基准代号

2. 几何公差代号标注示例

（1）不同被测要素的表示方法　用带箭头的指引线将框格与被测要素相连，按以下方式标注。

1）当被测要素为轮廓线或表面时，如图 4-79 所示，将箭头置于被测要素的轮廓线或轮廓线的延长线上，但必须与尺寸线明显地错开。

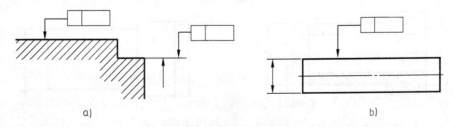

图 4-79　被测要素为轮廓线或表面
a）被测要素为表面　b）被测要素为轮廓线

2）当被测要素为轴线、对称面时，则带箭头的指引线应与尺寸线对齐，如图4-80所示。

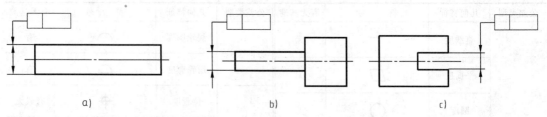

图 4-80　被测要素为轴线和对称面

a）、b）被测要素为轴线　c）被测要素为对称面

（2）带有基准字母的粗短横线应放置的位置

1）当基准要素为轮廓线或表面时，如图4-81所示，基准符号置于要素的外轮廓线上或它的延长线上，但应与尺寸线明显地错开。

2）当基准要素为轴线或对称面时，则基准符号中的直线应与尺寸线对齐，如图4-82所示。若尺寸线安排不下两个箭头，则另一个箭头可用短横线代替，如图4-82b、c所示。

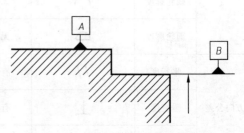

图 4-81　基准要素为轮廓线或表面

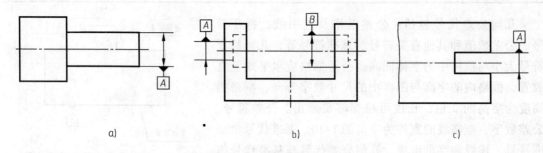

图 4-82　基准要素是轴线或对称面

a）、b）基准要素为轴线　c）基准要素为对称面

（3）多个被测要素或多项几何公差要求的表示　对于多个被测的要素有相同的几何公差要求时，可以从一个框格内的同一端引出多个指示箭头，如图4-83a所示；对于同一个被

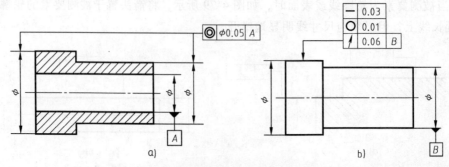

图 4-83　多个被测要素或多项几何公差要求

a）多个被测要素有相同几何公差要求　b）同一被测要素有多项几何公差要求

测要素有多项几何公差要求时，可在一个指引线上画出多个公差框格，如图 4-83b 所示。

（4）公共基准的表示 由两个或两个以上的被测要素组成的基准称为公共基准，如图 4-84a 所示的公共轴线、图 4-84b 所示的公共对称面。公共基准的字母应将各个字母用横线连接起来，并书写在公差框格的同一个格子内。

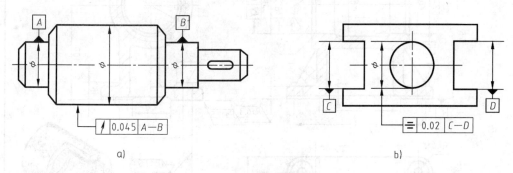

图 4-84 组合基准

a）公共基准为公共轴线 b）公共基准为公共对称面

任务 17 绘制泵体的零件图

图 4-85 所示是箱体的零件图和立体图。

1. 结构分析

该箱体类零件的特点：是由薄壁围成的不同形状的较大空腔，和与其相联供安装用的底板组成壳体；在箱壁上有供安装轴承用的圆孔或半圆孔及带螺纹的凸缘，用肋板加固；在底板上带有螺栓孔及凸台或凹坑；此外还有销孔、倒角、起模斜度、铸造圆角等细小结构。

2. 视图分析

1）由于箱体类零件结构形状复杂，加工位置多变，一般以工作位置及最能反映其各组成部分形状特征和相对位置的方向作为主视图的投射方向。

2）通常采用三个以上的基本视图，并根据箱体结构特点选择合适的剖视图画法，表示其外部和内腔形状。因其内腔形状复杂，外形简单，所以主视图采用全剖，俯视图采用 Λ—A 位置的全剖，左视图采用半剖和局部剖。

3）肋板采用重合断面图表示。

3. 尺寸分析

1）零件以主要孔的轴线、对称面、较大加工或接合面及底面作为长、宽、高三个方向的主要尺寸基准，如图 4-85 所示。

2）零件尺寸较多，必须运用形体分析法，完整地标注各部分定形尺寸和定位尺寸。

3）箱体上有配合关系（如轴和孔）的尺寸都是重要尺寸，这些尺寸及孔和轴对基准面的定位尺寸、各孔轴间距的定位尺寸等都要直接标注出。

4. 读懂技术要求

轴和孔是支承轴系零件的重要结构，应有较高的尺寸精度及表面粗糙度的要求，同时也应有较高的形状公差要求（如圆度、圆柱度）、位置公差（如同轴度）以及方向公差（如垂

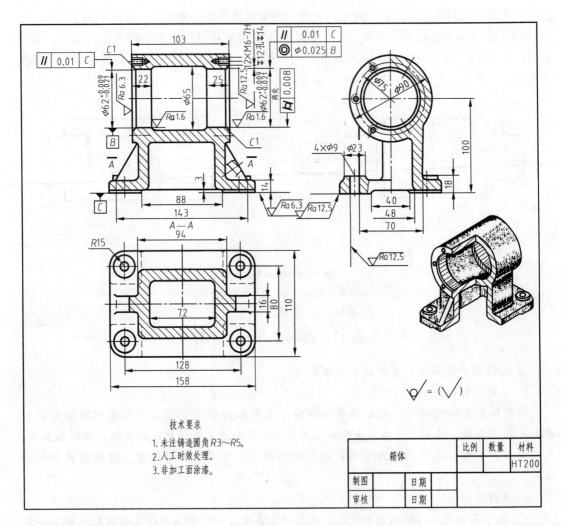

图 4-85　箱体零件图

直度、平行度）要求。例如，箱体的左、右圆孔标注尺寸为 $\phi 62^{+0.009}_{-0.021}$，表面粗糙度值要求为 $Ra1.6\mu m$，圆柱度公差为 0.008mm，两圆孔轴线对接合面（底面）的平行度公差为 0.01mm。

十四、滚动轴承

滚动轴承是一种支承传动轴及承受轴载荷的组合件，它具有结构紧凑、摩擦力小等优点，在机器中被广泛应用。滚动轴承是标准组件，由专门工厂生产，需用时，根据要求确定型号，选购即可。

1. 滚动轴承的种类和结构

滚动轴承按承受载荷的情况，一般分为向心轴承、推力轴承、向心推力轴承三类。虽然种类不同，但它们的结构大体相似，一般都是由外圈、内圈、滚动体及保持架四部分组成，见表 4-12。

表 4-12　常用轴承的结构及应用

轴承类型	深沟球轴承 6	推力球轴承 5	圆锥滚子轴承 3
结构形式			
国标代号	GB/T 276—1994	GB/T 301—1995	GB/T 297—1994
应用	主要承受径向载荷	只承受单向轴向载荷	能承受径向载荷与一个方向的轴向载荷

2. 滚动轴承代号的构成

滚动轴承代号是表示滚动轴承的结构、尺寸、公差等级和技术性能的产品特性符号。轴承代号一般打印在轴承端面上。国家标准规定，轴承代号由前置代号、基本代号和后置代号三部分组成，其排列顺序如下：

| 前置代号 | | 基本代号 | | 后置代号 |

（1）基本代号（滚针轴承除外）　基本代号是表示滚动轴承的基本类型、结构和尺寸，是轴承代号的基础。基本代号由轴承类型代号、尺寸系列代号和内径代号构成，其排列顺序如下：

| 类型代号 | | 尺寸系列代号 | | 内径代号 |

类型代号用阿拉伯数字和大写拉丁字母表示，见表 4-13。尺寸系列代号由轴承宽（高）度系列代号和直径系列代号组合而成，均用两个数字表示。它用于区分内径相同，而宽（高）和外径不同的轴承。内径代号表示轴承的公称内径，见表 4-14。

表 4-13　滚动轴承的类型代号（摘自 GB/T 272—1993）

代号	0	1	2	3	4	5	6	7	8	N	U	QJ
轴承类型	双列角接触球轴承	调心球轴承	调心滚子轴承和推力调心滚子轴承	圆锥滚子轴承	双列深沟球轴承	推力球轴承	深沟球轴承	角接触球轴承	推力圆柱滚子轴承	圆柱滚子轴承	外球面球轴承	四点接触球轴承

表 4-14　滚动轴承的内径代号（摘自 GB/T 272—1993）

轴承公称内径/mm	内径代号	示例
0.6~10（非整数）	用公称内径毫米数直接表示,在其与尺寸系列代号之间用"/"分开	深沟球轴承 618/2.5　$d=2.5\text{mm}$
1~9（整数）	用公称内径毫米数直接表示,对深沟及角接触球轴承7,8,9直径系列,内径与尺寸系列代号之间用"/"分开	深沟球轴承 625　深沟球轴承 618/5　$d=5\text{mm}$

（续）

轴承公称内径/mm		内径代号	示　例
10 ~ 17	10	00	深沟球轴承 6200
	12	01	$d = 10mm$
	15	02	
	17	03	
20 ~ 480 （22,28,32 除外）		公称内径除以 5 的商数，商数为个位数，需在商数左边加"0"，如 08	调心滚子轴承 23208 $d = 40mm$
≥500 以及 22,28,32		用公称内径毫米数直接表示，但在与尺寸系列之间用"/"分开	调心滚子轴承 230/500 $d = 500mm$ 深沟球轴承 62/22 $d = 22mm$

（2）前置、后置代号　当轴承在结构形式、尺寸、公差、技术要求等有改变时，可在其基本代号左、右添加补充代号。前置代号用字母表示，后置代号用字母（或加数字）表示。前置、后置代号有许多种，其含义需查阅 GB/T 272—1993。

滚动轴承代号标记示例：

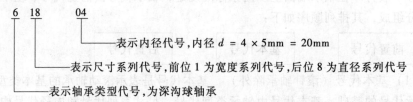

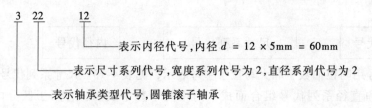

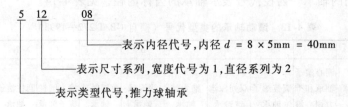

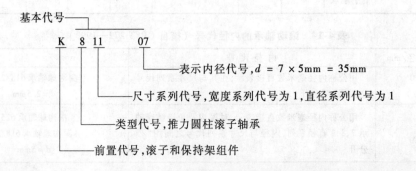

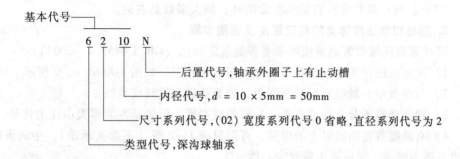

后置代号，轴承外圈子上有止动槽

内径代号，$d = 10 \times 5mm = 50mm$

尺寸系列代号，(02) 宽度系列代号0省略，直径系列代号为2

类型代号，深沟球轴承

十五、弹簧

弹簧广泛应用于机械中，用来储存能量、减振、夹紧、测力等。弹簧的种类很多，有螺旋弹簧、碟形弹簧、涡卷弹簧、板弹簧及片弹簧等。常见的螺旋弹簧有压缩弹簧、拉伸弹簧和扭转弹簧，如图4-86所示。其中，使用最多的是圆柱螺旋压缩弹簧，如图4-86a所示。

1. 圆柱螺旋压缩弹簧的各部分名称及尺寸关系（图4-87）

（1）线径 d　指用于制造弹簧的钢丝直径，其大小按标准选取。

（2）弹簧直径

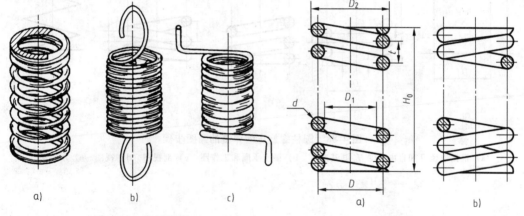

图4-86　常用弹簧

a) 压缩弹簧　b) 拉伸弹簧　c) 扭转弹簧

图4-87　圆柱螺旋压缩弹簧的名称、尺寸关系

a) 视图　b) 剖视图

1）弹簧外径 D_2。其为弹簧的最大直径，$D_2 = D + d$。

2）弹簧内径 D_1。其为弹簧的最小直径，$D_1 = D_2 - 2d = D - d$。

3）弹簧中径 D。其为弹簧平均直径，按标准选取。

（3）支承圈数 n_2　为了使弹簧压缩时受力均匀，工作平稳，制造时把弹簧两端并紧磨平。这些并紧磨平的几圈不参与弹簧的受力变形，只起支承或固定作用，称为支承圈。支承圈有1.5、2、2.5圈三种，其中2.5圈较为常用。如图4-87所示，两端并紧1/2圈，磨平3/4圈，$n_2 = 2.5$圈。

（4）有效圈数 n　其为保持节距相等的圈数，即用于计算弹簧总变形量的弹簧圈数。

（5）总圈数 n_1　其为沿螺旋线两端的弹簧圈数 $n_1 = n + n_2$。

（6）自由高度 H_0　弹簧未受任何载荷时的高度为自由高度。

（7）旋向　弹簧也有右旋和左旋两种，但大多数是右旋。

2. 圆柱螺旋压缩弹簧的规定画法及画图步骤

圆柱螺旋压缩弹簧的画法可参考弹簧规定画法（GB/T 4459.4—2003）。

1）圆柱压缩弹簧可画成视图、剖视图或示意图。如图 4-88b、c、e 所示。

2）与弹簧中心轴线平行的视图上，弹簧的螺旋线画成直线。

3）螺旋弹簧不分左旋或右旋，一律画成右旋，但若是左旋弹簧应注上代号"LH"。

4）有效圈数在四圈以上的弹簧，可以只画 1~2 圈（不含支承圈），中间省略不画，长度也可适当缩短，但应画出簧丝中心线。

5）因为弹簧画法实际上只起一个符号作用，所以螺旋弹簧要求两端并紧并磨平时，不论支承圈多少，均可按图 4-88 所示方法绘制。

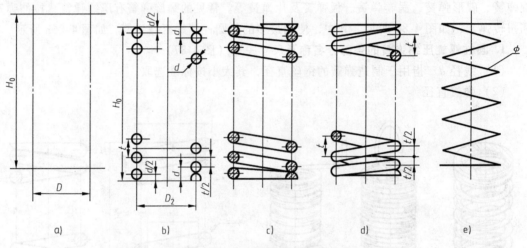

图 4-88　圆柱螺旋压缩弹簧的画图步骤

a）根据中径 D 和自由高度 H_0 画基准线　b）画支承圈和工作圈　c）剖视图　d）视图　e）示意图

第五单元 装 配 图

【**知识点**】 装配图的内容，装配图的表达方法，装配图的识读，螺纹紧固件联接的画法，键、销的联接画法，齿轮啮合画法，轴承的画法，装配的工艺结构等。

【**能力目标**】 本单元内容以典型零件为载体，主要介绍拆卸器、齿轮油泵、螺纹紧固件等典型零件绘制过程以及在绘制中涉及的知识点，使学生掌握装配图的规定画法、特殊表达方法，能够正确识读中等复杂程度的装配图。

【**学习导读**】 在生产工作中，经常要看装配图。例如，在设计过程中，要按照装配图来设计零件；在装配机器时，要按照装配图来安装零件或部件；在技术交流时，则需要参阅装配图来了解具体结构等。看装配图的目的是搞清楚该机器（或部件）的性能、工作原理、装配关系、各零件的主要结构及装拆顺序。

任务18 识读拆卸器的装配图

图5-1所示为拆卸器的装配图和立体图。

1. 概括了解

由标题栏了解部件的名称、用途及绘图比例；由明细栏了解零件的数量，估计部件的复杂程度。

从标题栏可知该装配体是拆卸器，是用来拆卸紧固在轴上的零件的。从绘图比例和图中的尺寸可以看出，这是一个小型的拆卸工具，它共有8种零件，是一个很简单的装配体。

2. 视图分析

了解各视图、剖视图、断面图的相互关系及表达意图，为下一步的深入看图作准备。

主视图主要表达了整个拆卸器的结构外形，并在上面作了全剖，但压紧螺杆1、把手2、抓子7等紧固件或实心零件按规定均未剖。为了表达它们与其相邻零件的装配关系，又作了三个局部剖视图。而轴与套本不是该装配体上的零件，用细双点画线画出其轮廓（假想画法），以体现其拆卸功能。为了节省图纸幅面，对较长的把手则采用了折断画法。

俯视图采用了拆卸画法，拆去了把手2、沉头螺钉3和挡圈4，并作了一个局部剖视图，以表示销轴6与横梁5的配合情况，以及抓子与销轴和横梁的装配情况。同时，也将主要零件的结构形状表达得很清楚。

3. 工作原理和传动路线的分析

分析时，应从机器或部件的传动入手。该拆卸器的运动应由把手开始分析，当顺时针转动把手时，则使压紧螺杆转动。由于螺纹的作用，横梁即同时沿螺杆上升，通过横梁两端的销轴，带着两个抓子上升，被抓子勾住的零件也一起上升，直到从轴上拆下。

4. 尺寸和技术要求的分析

尺寸82mm是规格尺寸，表示此拆卸器能拆卸零件的最大外径不大于82mm。尺寸112mm、200mm、135mm、$\phi54$mm是外形尺寸。尺寸 $\phi10H8/k7$ 是销轴与横梁孔的配合尺寸，是基孔制过渡配合。

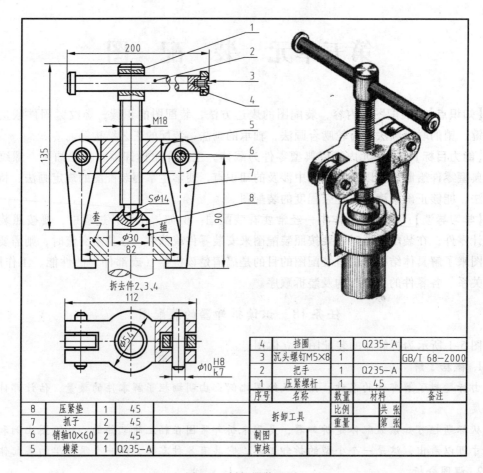

图 5-1　拆卸器装配图

5. 装拆顺序的分析

　　由图中可分析出，整个装卸器的装配顺序是：先把压紧螺杆 1 拧过横梁 5，把压紧垫 8 固定在压紧螺杆的球头上，在横梁 5 的两旁用销轴 6 各穿上一个抓子 7，最后穿上把手 2，再将把手的穿入端用螺钉 3 将挡圈 4 拧紧，以防止把手从压紧螺杆上脱落。

一、装配图上的内容

　　装配图是表达机器或部件的图样，通常用来表达机器或部件的工作原理以及零、部件间的装配和联接关系，是机械设计和生产中的重要技术文件之一。

　　在产品设计中，一般先根据产品的工作原理图画出装配草图，由装配草图整理成装配图，然后再根据装配图进行零件设计并画出零件图；在产品制造中，装配图是制订装配工艺规程，进行装配和检验的技术依据；在机器使用和维修时，也需要通过装配图来了解机器的工作原理和构造。

　　一张完整的装配图，必须具有下列内容。

1. 一组视图

　　用一组视图完整、清晰、准确地表达出机器的工作原理、各零件的相对位置及装配关系、联接方式和重要零件的形状结构。

2. 必要的尺寸

装配图的作用是表达零、部件的装配关系，因此其尺寸标注的要求不同于零件图，不需要标注出每个零件的全部尺寸，而一般只需标注规格尺寸、装配尺寸、安装尺寸、外形尺寸和其他重要尺寸五大类。

3. 技术要求

用文字说明或标记代号指明机器（或）部件在装配、调整、试验等所必须满足的技术条件。

4. 零件的序号、明细栏和标题栏

装配图中的零件编号、明细栏用于说明每个零件的名称、代号、数量和材料等。标题栏包括零部件名称、比例、绘图及审核人员的签名等。

> 请读者将装配图的内容与零件图内容比较，它们的异同点是什么？

二、装配图画法的基本规定

1）两相邻零件的接触面和配合面只画一条线，如图 5-1 所示的公差配合为 $\phi10H8/k7$ 的两个配合面。但是，如果两相邻零件的基本尺寸不相同，即使间隙很小，也必须画成两条线，如图 5-1 所示的把手和压紧螺杆的联接。

2）相邻两个或多个零件的剖面线应有区别，或者方向相反，或者方向一致但间隔不等，相互错开，如图 5-1 所示。

3）对于紧固件以及实心的球、手柄、键等零件，若剖切平面通过其对称平面或轴线时，则这些零件均按不剖绘制；如需表明零件的凹槽、键槽、销孔等构造，可用局部剖视表示，如图 5-1 所示。

三、装配图画法的特殊规定和简化画法

1. 拆卸画法

为了表达装配体内部或后面的零件装配情况，在装配图中可假想地将某些零件拆掉或沿某些零件的接合面剖切后绘制。对于拆去零件的视图，可在视图的上方标注"拆去件×、×……"，如图 5-1 中的俯视图采用了拆卸画法，并作了一个局部剖视图，以表示销轴 6 与横梁 5 的配合情况以及抓子与销轴和横梁的装配情况。同时，也将主要零件的结构形状表达得很清楚。

> 注意拆卸画法的使用前提：只有已经表达清楚的零件才可以被拆卸。

2. 假想画法

对于与该部件相关联但不属于该部件的零（部）件，可用细双点画线画出轮廓，如图 5-1 所示；对于某些零件在装配体中的运动范围或极限位置，可用细双点画线画出其轮廓，如图 5-2 所示。

3. 简化画法

1）对于同一规格、均匀分布的螺栓、螺母等紧固件或相同零件组，允许只画出一个或

一组，其余用中心线或轴线表示其位置，如图 5-3 所示的上、下两个螺钉联接只画出上面的一个，下面的省略了。

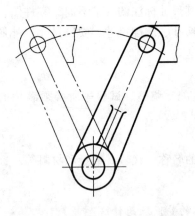

图 5-2　运动零件的极限位置

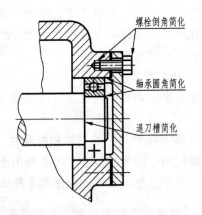

图 5-3　简化画法

2）滚动轴承、密封圈、油封等，可采用简化画法，如图 5-3 所示，滚动轴承是采用简化画法绘制的。

3）零件上的工艺结构，如圆角、倒角、退刀槽等允许不画，如图 5-3 所示的螺钉头部采用了简化画法。

4. 夸大画法

对于薄、细、小间隙，以及斜度、锥度很小的零件，可以适当加厚、加粗、加大画出；对于厚度或直径小于 2mm 的薄、细零件的断面，可用涂黑代替剖面线，如图 5-3 所示的端盖与箱体凸台之间垫片的画法。

　　　　运动件一般按其某一个极限位置绘制，另一极限位置用双点画线画出，如图 5-2 所示；装配图中各零件的剖面线是看图时区分不同零件的重要依据之一，必须严格区分。

四、装配图的尺寸标注、技术要求及明细栏

1. 尺寸标注

装配图应标注以下几类尺寸：

（1）性能（规格）尺寸　这类尺寸表达装配体的性能或规格尺寸，如图 5-1 所示，尺寸 82mm，表示此拆卸器能拆卸零件的最大外径不大于 82mm。

（2）装配关系尺寸　这类尺寸表达装配体上相关零件之间的装配关系，主要包括：

1）配合尺寸。尺寸 $\phi10H8/k7$ 是销轴与横梁孔的配合尺寸，是过渡配合。

2）主要轴线的定位尺寸，如图 5-1 所示的尺寸 90mm。

3）各装配件轴线间的距离等。

（3）安装尺寸　这类尺寸表达该部件安装时所需要的尺寸。

（4）总体尺寸　这类尺寸表达装配体的总长、总高、总宽。如图 5-1 所示，尺寸 112mm、200mm、135mm、$\phi54mm$ 是外形尺寸。

（5）其他主要尺寸　其主要是用于表达设计时经过计算而确定的尺寸。

上述几类尺寸，并非在每张装配图上都必须注全，应根据装配体的具体情况而定。

2. 技术要求

技术要求时，一般可从以下几个方面来考虑：

1）明确装配时机器或部件在装配过程中需注意的事项及装配后应达到的要求，如准确度、装配间隙、润滑要求等。

2）提出检验时对机器或部件基本性能的检验、试验及操作的要求。

3）提出使用时机器或部件的规格、参数及维护、保养时的注意事项和要求。装配图中的技术要求，通常用文字注写在明细栏的上方或图样下方的空白处。

与装配体中的尺寸标注一样，不是上述内容在每张图上都要注全，而是根据装配体的需要来确定。

3. 零件编号和明细栏

为了便于看图和生产管理，对组成装配体的所有零件（组件），应在装配图上编写序号，并在明细栏中填写零件的序号、名称、材料及数量等。

（1）序号编排方法　将组成装配体的所有零件（包括标准件）进行统一编号。相同的零（部）件编一个序号，序号应按顺时针（或逆时针）方向整齐地顺次排列在视图外明显的位置处。序号的注写形式如图5-4所示。

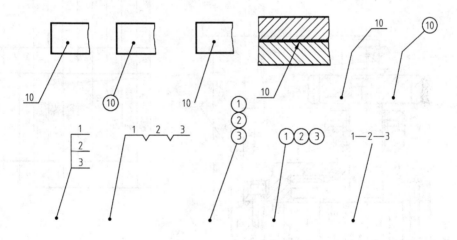

图5-4　序号注写形式

同一张装配图中，编注序号的形式应一致，且指引线应避免相交；明细栏中的序号应与装配图上的编号一致，即一一对应；标准件的标准代号一般填入明细栏中的代号栏。

（2）明细栏　明细栏一般绘制在标题栏上方。明细栏应按编号顺序自下而上填写；位置不够时，可在与标题栏毗邻的左侧续编。

任务19　识读齿轮油泵的装配图

图5-5所示为齿轮油泵的装配图，图5-6所示为齿轮油泵的工作原理示意图。

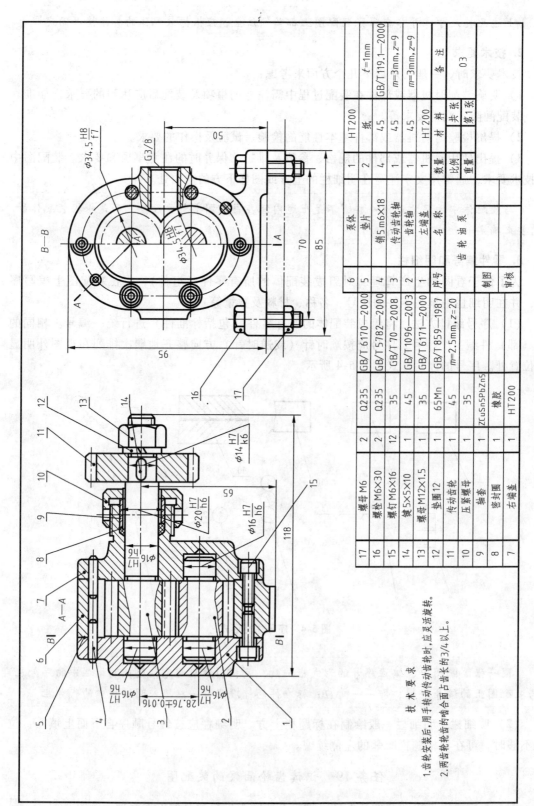

图 5-5　齿轮油泵的装配图

技 术 要 求

1. 齿轮安装后,用手转动传动齿轮时,应灵活旋转。
2. 两齿轮齿面的啮合面占齿长的3/4以上。

序号	名　　称	数量	材　料	备　　注
6	泵体	1	HT200	
5	垫片	2	纸	t=1mm
4	销5 m6×18	4	45	GB/T 119.1—2000
3	传动齿轮轴	1	45	m=3mm,z=9
2	齿轮轴	1	45	m=3mm,z=9
1	左端盖	1	HT200	

共 张
第 1 张

名　称　　齿 轮 油 泵
比例
重量
制图
审核

17	螺母 M6	2	Q235	GB/T 6170—2000
16	螺栓 M6×30	2	Q235	GB/T 5782—2000
15	螺钉 M6×16	12	35	GB/T 70—2008
14	键 5×5×10	1	45	GB/T 1096—2003
13	螺母 M12×1.5	1	35	GB/T 6171—2000
12	垫圈 12	1	65Mn	GB/T 859—1987
11	传动齿轮	1	45	m=2.5mm,z=20
10	压紧螺母	1	35	
9	密封圈	1	橡胶	
8	轴套	1	ZCuSn5Pb5Zn5	
7	右端盖	1	HT200	

1. 概括了解

从标题栏和明细栏可知，齿轮油泵是机器润滑、供油系统中的一个部件，体积较小，由 17 种零件组成，其中有标准件 7 种。从其作用上看，齿轮油泵要求传动平稳，保证供油，不能有渗漏。

2. 视图分析

共选用两个基本视图。主视图采用了全剖视图 A—A，它将该部件的结构特点和零件间的装配、联接关系的大部分表达出来。左视图采用了半剖视图 B—B（拆卸画法），它是沿左端盖 1 和泵体 6 的接合面剖切的，清楚地反映出油泵的外部形状和齿轮的啮合情况，以及泵体与左、右端盖的联接和液压泵与机体的装配方式。局部剖则用来表达进油口。

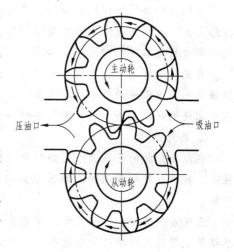

图 5-6　齿轮油泵工作原理

3. 传动路线和工作原理的分析

一般可从图样上直接分析其传动路线和工作原理，当部件比较复杂时，需参考说明书。分析时，应从机器或部件的传动入手：动力从传动齿轮 11 输入，当它按逆时针方向（从左视图上观察）转动时，通过键 14 带动齿轮轴 3，再经过齿轮啮合带动齿轮轴 2，从而使后者作顺时针方向转动。传动关系清楚了，就可以分析出其工作原理。如图 5-6 所示，当一对齿轮在泵体内作啮合传动时，啮合区内前边空间的压力降低而产生局部真空，油池内的油在大气压力作用下进入油泵低压区内的进油口，随着齿轮的转动，齿槽中的油不断沿箭头方向被带至后边的出油口把油压出，送至机器中需要润滑的部位。

凡属泵、阀类部件都要考虑防漏问题。为此，该泵在泵体与端盖的接合处加入了垫片 5，并在齿轮轴 3 的伸出端用密封圈 8、轴套 9、压紧螺母 10 加以密封。

4. 装配关系的分析

分析清楚零件之间的配合关系、联接方式和接触情况，能够进一步了解为保证实现部件的功能所采取的相应措施，更加深入地了解部件。

如联接方式，从图 5-5 可以看出，它是采用 4 个圆柱销定位、12 个螺钉紧固的方法将两个端盖与泵体牢靠地联接在一起。

如配合关系，传动齿轮 11 和齿轮轴 3 的配合为 $\phi 14H7/k6$，属基孔制过渡配合。这种轴、孔两零件间较紧密的配合，既便于装配，又有利于和键一起将两零件联成一体传递动力。$\phi 16H7/h6$ 为间隙配合，它采用了间隙配合中间隙为最小的方法，以保证轴在孔中既能转动，又可减小或避免轴的径向圆跳动。尺寸 28.76mm ±0.016mm，则反映出对齿轮啮合中心距的要求。可以分析出，这个尺寸的准确与否将会直接影响齿轮的传动情况。

5. 零件主要结构形状和用途的分析

前面的分析是综合性的，为深入了解部件，还应进一步分析零件的主要结构形状和用途。分析时，应先看简单的零件，后看复杂的零件。即将标准件、常用件及一看即明的简单零件看懂后，再将其从图中"剥离"出去，然后集中精力分析剩下的、为数不多的复杂零件。

分析时，应依据剖面线划定各零件的投影范围。根据同一零件的剖面线在各个视图上方向相同、间隔相等的规定，首先将复杂零件在各个视图上的投影范围及其轮廓搞清楚，进而运用形体分析法并辅以线面分析法进行仔细推敲，还可借助丁字尺、三角板、分规等帮助找投影关系。此外，分析零件主要结构形状时，还应考虑零件为什么要采用这种结构形状，以进一步分析该零件的作用。

当某些零件的结构形状在装配图上表达不够完整时，可以先分析相邻零件的结构形状，根据它和周围零件的关系及其作用，再来确定该零件的结构形状就比较容易了。但有时还需参考零件图加以分析，以了解零件的细小结构及其作用。

6. 总结归纳

在以上分析的基础上，还要对全部尺寸和技术要求进行分析，并把部件的性能、结构、装配、操作、维修等几方面联系起来研究，进行总结归纳，这样对部件才能有一个全面的了解。

上述看图方法和步骤是为初学者看图时理出一个思路，彼此不能截然分开。看图时还应根据装配图的具体情况加以选用。

五、螺纹联接的画法及螺纹紧固件

如图 5-7 所示，螺纹联接有螺栓联接、螺柱联接和螺钉联接。

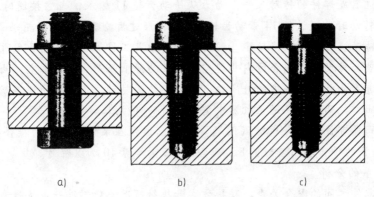

图 5-7　螺纹联接

a) 螺栓联接　b) 螺柱联接　c) 螺钉联接

画螺纹紧固件的联接时，先作如下规定：当剖切平面通过螺杆的轴线时，螺栓、螺柱、螺钉以及螺母、垫圈等均按未剖切绘制；在剖视图上，两零件接触表面画一条线，未接触表面画两条线；相接触两零件的剖面线方向相反。

在联接图中，常用的螺纹紧固件可按简化画法绘制在装配体中，零件与零件或部件与部件间常用螺纹紧固件进行联接。

由于装配图主要是表达部件之间的装配关系，因此，装配图中的螺纹紧固件不仅可按上述画法的基本规定简化地表示，而且图形中的各部分尺寸也可简便地按比例画法绘制。

1. 螺纹联接的画法

内、外螺纹总是成对使用的，只有当它们的所有要素都一致时才能旋合。螺纹旋合在一起的画法：旋合部分按外螺纹绘制，没旋合部分按各自的画法，如图 5-8 所示。

2. 螺纹紧固件

（1）螺栓联接　螺栓联接的紧固件有螺栓、螺母和垫圈。螺栓联接紧固件的画法一般

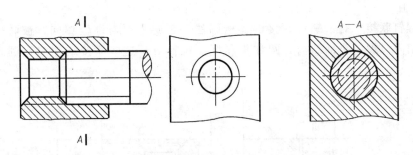

图 5-8　螺纹联接的画法

采用比例画法绘制，如图 5-9 所示。画螺栓紧固件的装配图时，应遵守以下规定：

1）两零件接触表面画一条线，不接触表面画两条线。

2）两零件邻接时，不同零件的剖面线方向应相反，或者方向一致、间隔不等。

3）对于紧固件和实心零件（如螺钉、螺栓、螺母、垫圈、键、销、球及轴等），若剖切平面通过它们的基本轴线时，则这些零件都按不剖绘制，仍画外形；需要时，可采用局部剖视图表达。

如图 5-9 所示，螺栓长度 l 可按下式估算

$$l \geqslant \delta_1 + \delta_2 + 0.15d + 0.8d + (0.2 \sim 0.3)d$$

根据上式的估算值，从附录 B 中选取与估算值相近的标准长度值作为 l 值。

在装配图中，螺栓联接也可采用简化画法。但应注意，螺母、螺栓的六方倒角省略不画后，螺栓上螺纹端面的倒角也应省略不画。

（2）螺柱联接　双头螺柱两端均加工有螺纹，一端和被联接件旋合，一端和螺母旋合。双头螺柱联接的比例画法如图 5-10 所示。

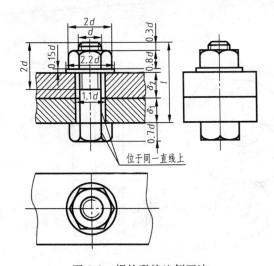

图 5-9　螺栓联接比例画法

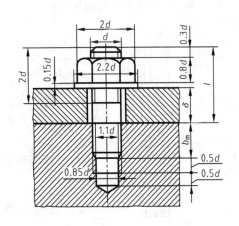

图 5-10　双头螺柱联接的比例画法

螺柱的公称长度 l 可按下式估算

$$l \geqslant \delta + 0.15d + 0.8d + (0.2 \sim 0.3)d$$

根据上式的估算值，对照有关手册中螺柱的标准长度系列，选取与估算值相近的标准长

度值作为 l 值。

（3）螺钉联接　对于螺钉联接的比例画法，其旋入端与螺柱相同，被联接板孔部画法与螺栓相同。螺钉头部结构有圆柱头和沉头螺钉等，这些联接结构的比例画法如图5-11所示。

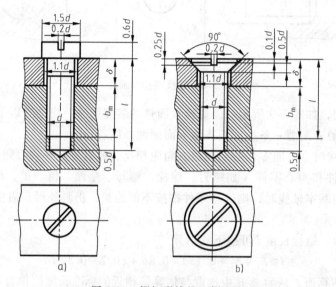

图 5-11　螺钉联接的比例画法

a）圆柱头螺钉联接的比例画法　b）沉头螺钉连接的比例画法

螺钉、螺栓、螺母、垫圈等的有关参数见附录 B、附录 C、附录 D、附录 E、附录 F。

六、齿轮啮合的画法

图5-12所示为一对圆柱齿轮啮合的画法。

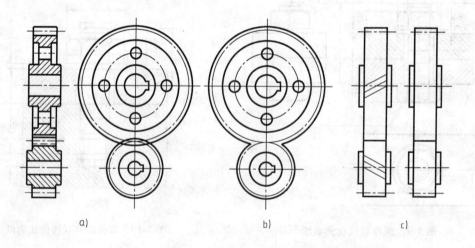

图 5-12　圆柱齿轮的啮合画法

1）在投影为圆的视图中，啮合区内的齿顶圆均用粗实线绘制，如图5-12a所示；但也可省略不画，如图5-12b所示。两节圆（分度圆）相切，用细点画线绘制，齿根圆省略不画，如图 5-12a、b 所示。

2）在通过轴线的剖视图中，啮合区内将一个齿轮的轮齿用粗实线绘制，另一个齿轮的轮齿被遮挡的部分画成细虚线（也可省略不画），而且一个齿轮的齿顶线与另一个齿轮的齿根线之间应有 $0.25m$ 的间隙，如图 5-12a、图 5-13 所示。

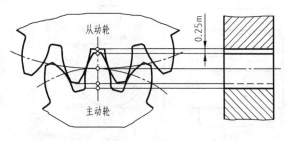

图 5-13 两个齿轮啮合的间隙

在外形视图上，啮合区内的齿顶线不画，节线（分度线）用粗实线绘制，其他处的节线用细点画线绘制（图 5-12c）。

图 5-14 所示为齿轮、齿条的啮合画法。齿条可以看成是直径无穷大的齿轮，这时的齿顶圆、节圆、齿根圆和齿廓都是直线，它的模数与其啮合齿轮的模数相同，画法与两圆柱齿轮的啮合画法是一样的。

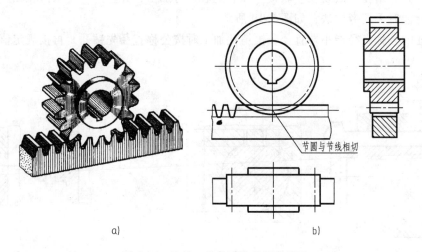

a) b)

图 5-14 齿轮、齿条啮合的规定画法

a）齿轮、齿条啮合立体图 b）齿轮、齿条啮合的规定画法

七、键联接的画法及其尺寸标注

1. 普通型平键联接的画法

普通型平键的长度 L 和宽度 b 要根据轴的直径 d 和传递的转矩大小从附录 G 中选取适当值。轴上的键槽若在前面，局部视图可以省略不画，键槽在上面时，键槽和外圆柱面产生的截交线可用柱面的转向轮廓线代替，如图 5-15 所示。

2. 普通型半圆键联接的画法

普通型半圆键联接常用于载荷不大的传动轴上，其工作原理和画法与普通型平键相似，键槽的表示方法和装配画法如图 5-16 所示。

3. 钩头型楔键联接的画法

钩头型楔键的上顶面有 1:100 的斜度，装配时将键沿轴向嵌入键槽内，靠键的上、下面将轴和轮联接在一起，键的侧面为非工作面，其装配图的画法如图 5-17 所示。

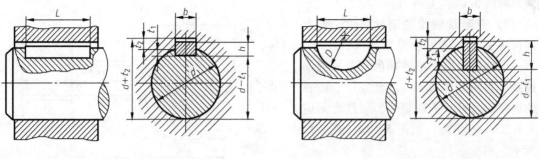

图 5-15　普通型平键联接　　　　　　　　　图 5-16　普通型半圆键联接

八、销联接及其画法

圆柱销和圆锥销的联接画法如图 5-18 所示。用圆柱销或圆锥销联接或定位的两个零件，装配要求较高。销孔一般要在被联接零件装配后同时加工，并且这一要求需在相应的零件图上注明，标注时采用旁注法，如图 5-19 所示。

锥销孔的公称直径指小端直径，锥销孔加工时按公称直径先钻孔，再按规定值用铰刀扩铰成锥孔。

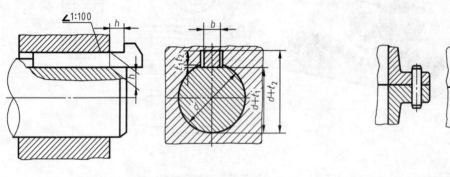

图 5-17　钩头型楔键联接　　　　　　　　　图 5-18　销的联接画法

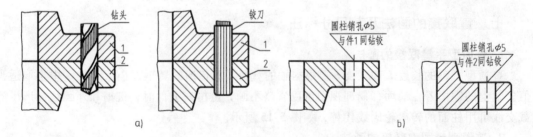

图 5-19　销孔的加工及尺寸注法
a）加工方法　b）尺寸注法

九、滚动轴承的画法

滚动轴承一般不单独画出零件图，仅在装配图上根据代号，在标准中查得外径 D、内径

d、宽度 B（或 T）等几个主要尺寸，然后绘图。

国家标准规定了滚动轴承的简化画法（通用画法和特征画法）和规定画法，见表5-1。

表 5-1　滚动轴承的画法（GB/T 4459.7—1998）

名称和标准号	查表主要数据	画　　　法			
		简 化 画 法		规定画法	装配示意图
		通用画法	特征画法		
深沟球轴承(GB/T 276—1994)	D d B				
圆锥滚子轴承(GB/T 297—1994)	D d B T C				
推力球轴承(GB/T 301—1995)	D d T				

1. 基本规定

绘制滚动轴承时，应遵守以下规则：

1）各种符号、矩形线框或外框轮廓线用粗实线绘制。

2）矩形线框或外框轮廓大小应与滚动轴承的外形尺寸相一致，并与所属图样采用同一比例。

3）采用规定画法绘制滚动轴承剖视图时，其滚动体不画剖面线，其各套圈可画成方向和间隙相同剖面线。在不致引起误解时，允许省略不画。

2. 通用画法

在剖视图中，当不需要确切地表示滚动轴承的外形轮廓、载荷特性、结构特征时，可用矩形线框及位于线框中央正立的十字形符号表示。十字符号不应与矩形线框相接触。通用画法的各部分尺寸，见表 5-1。

当滚动轴承带有附件或滚动轴承具有其他结构（防尘盖和内、外圈有无挡边）时，可按相关标准绘制。

3. 特征画法

在剖视图中，如果需要较形象地表示滚动轴承的结构特征时，可采用在矩形线框内画出其结构要素符号，以表示结构特征。特征画法的各部分尺寸关系，见表 5-1。

4. 规定画法

在滚动轴承的产品图样、产品样本及说明书中，可采用规定画法绘制滚动轴承。

在装配图中，规定画法一般采用剖视图绘制在轴一侧，另一侧按通用画法绘制，见表5-1。

十、圆柱螺旋弹簧在装配图中的画法

1）弹簧被看做实心件，被弹簧挡住的结构一般不画，可见部分应从弹簧的外轮廓线或从弹簧钢丝剖面的中心线画起。

2）弹簧中间各圈采取省略画法，剖视的断面画剖面线，断面很小时可涂黑，如图 5-20a、b 所示。

3）当弹簧材料直径在图上不大于2mm 时，采用示意画法，如图 5-20c所示。

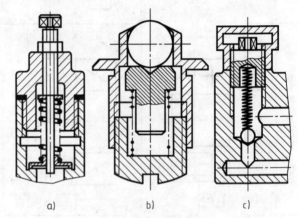

图 5-20　装配图中螺旋弹簧的规定画法
a) 弹簧的剖视断面　b) 涂黑表示弹簧的剖视断面
c) 弹簧的示意画法

任务 20　识读凸缘联轴器的装配图

图 5-21 所示是凸缘联轴器的装配图，是螺纹紧固件、键、销联接画法的应用示例。

联轴器是联接两轴一同回转而不脱开的一种装置。为了实现传递转矩的功能，凸缘联轴器采用了螺纹紧固件、键、销联接。识读该图时应注意以下几点：

1. 注意标准件的标记

螺栓、螺母、垫圈、紧定螺钉、普通型平键、圆柱销等都是标准件，它们的规格都是根据联轴器的结构需要，在相应的国家标准中查得的，其标记及标准的编号如图 5-21所示。

2. 注意标准件的联接画法

1）螺栓、螺母为简化画法，法兰的光孔与螺杆之间有缝隙，画成两条线。

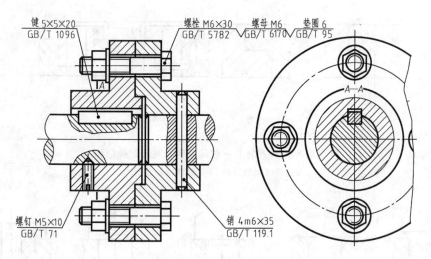

键 5×5×20 螺栓 M6×30 螺母 M6 垫圈 6
GB/T 1096 GB/T 5782 GB/T 6170 GB/T 95

A—A

螺钉 M5×10 销 4m6×35
GB/T 71 GB/T 119.1

图 5-21 联轴器装配图

2）键与键槽的两侧和底面都接触，只画一条线；与顶面有缝隙，画成两条线。

3）圆柱销与销孔是配合关系，故销的两侧均画成一条线。

4）紧定螺钉应全部旋入螺孔内，按外螺纹绘制，螺钉的锥端应顶住轴上的锥坑。

3. 注意图形的画法

凸缘联轴器的装配图采用了两个视图，主视图采用全剖视，标准件均按不剖绘制。为了表示键、销、螺钉的装配情况，都采用了局部剖。两轴都采用了断裂画法。左视图主要是表示螺栓联接在法兰盘上的分布情况。为了表示键与轴和法兰的横向联接情况，采用了 A—A 局部剖视。为了有效地利用图样，法兰盘的前部被打掉一部分，以波浪线表示。关于同一零件及相邻两零件的剖面线画法，希望读者自行分析。

综上所述，可以得出该联轴器的结构和形状，如图 5-22 所示。

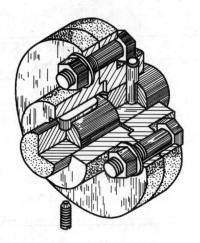

图 5-22 联轴器的立体图

十一、装配的工艺结构

零件除了应根据设计要求确定其结构外，还要考虑加工和装配的合理性，否则就会给装配工作带来困难，甚至不能满足设计要求。下面介绍几种最常见的装配工艺结构。

1. 接触面与配合面的结构

1）两零件装配时，在同一方向上，一般只宜有一对表面接触，如图 5-23 所示。

2）两配合零件在转角处不应设计成相同的倒角或圆角，否则既影响接触面之间的良好接触，又不易加工，在转角处应做出倒角、倒圆或凹槽，如图 5-24 所示。

3）采用沉孔或凸台结构，减少零件间的接触面积，既减少了加工面积，降低了成本，又可保证良好的接触，如图 5-25 所示。

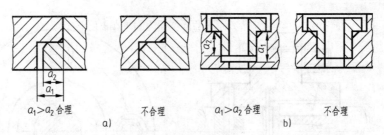

$a_1 > a_2$ 合理　　　　　　不合理　　　　　$a_1 > a_2$ 合理　　　　　不合理

a)　　　　　　　　　　　　　　　　　　b)

图 5-23　同一方向上一般只应有一对装配接触面

a）横向接触表面　b）纵向接触表面

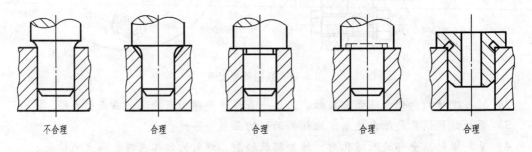

不合理　　　　　　合理　　　　　　　合理　　　　　　合理　　　　　　合理

图 5-24　接触面转角处的结构

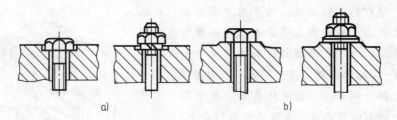

a)　　　　　　　　　　　　　　　　　　b)

图 5-25　沉孔和凸台

a）沉孔　b）凸台

4）锥面配合时能同时确定轴向和径向的位置，如图 5-26 所示，必须保证 $L_1 < L_2$，才能得到稳定配合关系。

5）轴与孔配合时，为保证 ϕA 的配合关系，必须使 $\phi B > \phi C$，如图 5-27 所示。

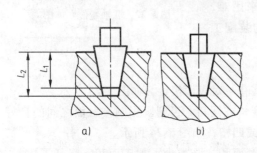

a)　　　　　　　b)

图 5-26　锥面配合

a）正确　b）不正确

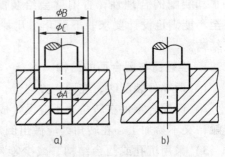

a)　　　　　　b)

图 5-27　轴与孔配合

a）合理　b）不合理

2. 定位销的装配结构

为保证两零件在装拆前后的装配精度，通常采用圆柱销或圆锥销定位，因此，对销和销孔要求较高。为加工销孔和拆卸销方便，在可能的情况下，将销孔做成通孔；如果零件不允许加工成通孔，销孔深度应大于销的长度，如图5-28所示。

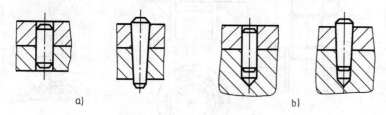

图5-28　定位销装配结构

a）销孔为通孔　b）销孔为不通孔

3. 螺纹联接的合理结构

1）为保证拧紧，可采用适当加长螺纹尾部、在螺杆上加工出退刀槽、在螺孔上加工出凹坑或倒角，如图5-29所示。

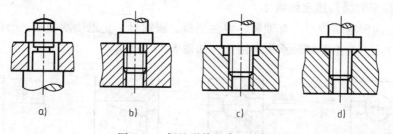

图5-29　螺纹联接的合理结构

a）尾部加长　b）退刀槽　c）凹坑　d）倒角

2）为便于装配，被联接件上的通孔的尺寸应比螺纹大径和螺杆直径稍大，如图5-30所示。

3）图5-31所示是在安排螺钉位置时，应考虑扳手的空间活动范围。

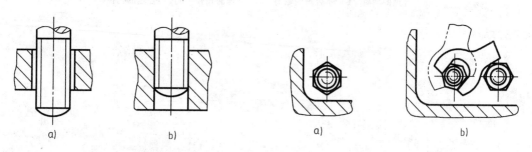

图5-30　通孔应大于螺杆直径

a）合理　b）不合理

图5-31　扳手活动空间

a）合理　b）不合理

4）为了防止机器中的螺纹联接件因机器的运动或振动而产生松脱，常采用螺纹防松装置，如弹簧垫圈防松、双螺母防松、开口销防松，如图5-32所示。

5）如图5-33所示，应考虑螺钉装拆时所需要的空间。

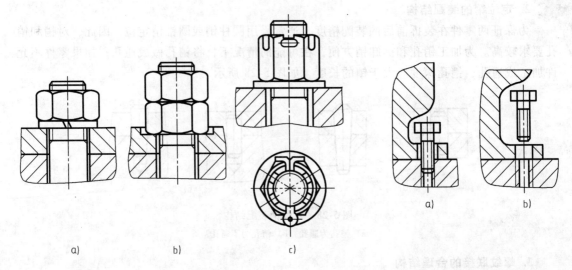

图 5-32　螺纹联接防松结构　　　　　　　　　　图 5-33　螺钉装卸空间

a）弹簧垫圈防松　b）双螺母防松　c）开口销防松　　　　a）不合理的结构　b）合理的结构

4. 滚动轴承的轴向固定结构

常用的轴向固定结构形式有轴肩、弹性挡圈、圆螺母、止退垫圈和端盖凸缘等。若轴肩过大或轴孔过小，会给拆卸轴承带来困难，如图 5-34 所示。

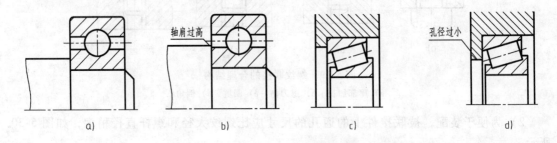

图 5-34　滚动轴承的轴向固定结构

a）合理的轴肩　b）不合理的轴肩　c）合理的孔径　d）不合理的孔径

附　　录

附录 A　普通螺纹直径与螺距系列、基本尺寸摘编（GB/T 193—2003、GB/T 196—2003）

（单位：mm）

公称直径 D、d		螺距 P		粗牙中径 D_2、d_2	粗牙小径 D_1、d_1
第一第列	第二系列	粗牙	细牙		
3		0.5	0.35	2.675	2.459
	3.5	0.6		3.110	2.850
4		0.7		3.545	3.242
	4.5	0.75	0.5	4.013	3.688
5		0.8		4.480	4.134
6		1	0.75	5.350	4.917
	7			6.350	5.917
8		1.25	1,0.75	7.188	6.647
10		1.5	1.25,1,0.75	9.026	8.376
12		1.75	1.25,1	10.863	10.106
	14	2	1.5,(1.25)[①],1	12.701	11.835
16		2	1.5,1	14.701	13.835
	18	2.5		16.376	15.294
20		2.5		18.376	17.294
	22	2.5	2,1.5,1	20.376	19.294
24		3		22.051	20.752
	27	3		25.051	23.752
30		3.5	(3),2,1.5,1	27.727	26.211
	33	3.5	(3),2,1.5	30.727	29.211
36		4		33.402	31.670
	39	4	3,2,1.5	36.402	34.670
42		4.5		39.077	37.129
	45	4.5		42.077	40.129
48		5	4,3,2,1.5	44.752	42.587
	52	5		48.752	46.587
56		5.5		52.428	50.046
	60	5.5		56.428	54.046
64		6	4,3,2,1.5	60.103	57.505
	68	6		64.103	61.505

注：优先选用第一系列，括号内尺寸尽可能不用，第三系列未列入。

① M14×1.25 仅用于火花塞。

附录 B　六角头螺栓摘编（GB/T 5782—2000）

六角头螺栓—A 和 B 级（GB/T 5782—2000）　　　六角头螺栓—全螺纹—A 和 B 级（GB/T 5783—2000）

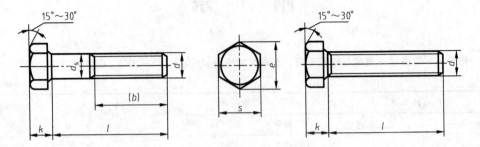

标记示例

螺纹规格　d = M12、公称长度 l = 80mm、性能等级为 8.8 级、表面氧化、产品等级为 A 级的六角头螺栓：

螺栓　GB/T 5782　M12 × 80

螺纹规格　d = M12、公称长度 l = 80mm、性能等级为 8.8 级、表面氧化、全螺纹、产品等级为 A 级的六角头螺栓：

螺栓　GB/T 5783　M12 × 80

（单位：mm）

螺纹规格	d		M4	M5	M6	M8	M10	M12	M16	M20	M24	M30	M36	M42	M48
b 参考	$l \leqslant 125$		14	16	18	22	26	30	38	46	54	66	—	—	—
	$125 < l \leqslant 200$		20	22	24	28	32	36	44	52	60	72	84	96	108
	$l > 200$		33	35	37	41	45	49	57	65	73	85	97	109	121
k			2.8	3.5	4	5.3	6.4	7.5	10	12.5	15	18.7	22.5	26	30
$d_{s\,max}$			4	5	6	8	10	12	16	20	24	30	36	42	48
s_{max}			7	8	10	13	16	18	24	30	36	46	55	65	75
e_{min}	产品等级	A	7.66	8.79	11.05	14.38	17.77	20.03	26.75	33.53	39.98	—	—	—	—
		B	7.50	8.63	10.89	14.2	17.59	19.85	26.17	32.95	39.55	50.85	60.79	71.3	82.6
l 范围	GB/T 5782 —2000		25 ~ 40	25 ~ 50	30 ~ 60	40 ~ 80	45 ~ 100	50 ~ 120	65 ~ 160	80 ~ 200	90 ~ 240	110 ~ 300	140 ~ 360	160 ~ 440	180 ~ 480
	GB/T 5783 —2000		8 ~ 40	10 ~ 50	12 ~ 60	16 ~ 80	20 ~ 100	25 ~ 120	30 ~ 200	40 ~ 200	50 ~ 200	60 ~ 200	70 ~ 200	80 ~ 200	100 ~ 200
l 系列	GB/T 5782 —2000		20 ~ 65(5 进位)，70 ~ 160(10 进位)，180 ~ 400(20 进位)；l 小于最小值时，全长制螺纹												
	GB/T 5783 —2000		8、10、12、16、18、20 ~ 65(5 进位)、70 ~ 160(10 进位)、180 ~ 500(20 进位)												

注：1. 末端倒角按 GB/T 2 规定。

　　2. 螺纹公差：6g；机械性能等级：8.8。

　　3. 产品等级：A 级用于 d = 1.6 ~ 24mm 和 $l \leqslant 10d$ 或 $l \leqslant 150$mm（按较小值）；B 级用于 d > 24mm 或 $l > 10d$ 或 >

　　　150mm（按较小值）的螺栓。

　　4. 螺纹均为粗牙。

附录 C　六角螺母摘编（GB/T 6170—2000）

I 型六角螺母—A 和 B 级（摘自 GB/T 6170—2000）
I 型六角头螺母—细牙—A 和 B 级（摘自 GB/T 6171—2000）
I 型六角螺母—C 级（摘自 GB/T 41—2000）

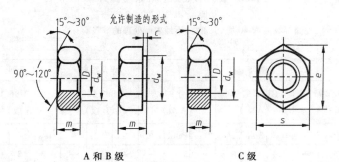

A 和 B 级　　　　　　　　　C 级

标记示例：

螺母　GB/T 41　M12

（螺纹规格 D = M12、性能等级为 5 级、不经表面处理、C 级的 I 型六角螺母）

螺母　GB/T 6171　M24×2

（螺纹规格 D = M24、螺距 P = 2、性能等级为 10 级、不经表面处理、B 级的 I 型细牙六角螺母）

（单位：mm）

螺纹规格	D	M4	M5	M6	M8	M10	M12	M16	M20	M24	M30	M36	M42	M48
	$D \times P$	—	—	M6×1	M8×1.25	M10×1.5	M12×1.75	M16×2	M20×2.5	M24×3	M30×3.5	M36×4	M42×4.5	M48×5
	c	0.4	0.5			0.6			0.8				1	
	s_{max}	7	8	10	13	16	18	24	30	36	46	55	65	75
e_{min}	A、B 级	7.66	8.79	11.05	14.38	17.77	20.03	26.75	32.95	39.55	50.85	60.79	71.3	82.6
	C 级	—	8.63	10.89	14.2	17.59	19.85	26.17						
m_{max}	A、B 级	3.2	4.7	5.2	6.8	8.4	10.8	14.8	18	21.5	25.6	31	34	38
	C 级	—	5.6	6.4	7.9	9.5	12.2	15.9	19	22.3	26.4	31.9	34.9	38.9
d_{wmin}	A、B 级	5.9	6.9	8.9	11.6	14.6	16.6	22.5	27.7	33.3	42.8	51.1	60	69.5
	C 级	—	6.7	8.7	11.5	14.5	16.5	22						

注：1. P——螺距。

2. A 级用于 $D \leqslant 16$ 的螺母；B 级用于 $D > 16$ 的螺母；C 级用于 $D \geqslant 5$ 的螺母。

3. 螺纹公差：A、B 级为 6H，C 级为 7H；机械性能等级：A、B 级为 6、8、10 级，C 级为 4、5 级。

附录 D　垫圈摘编

小垫圈——A 级（摘自 GB/T 848—2002）
平垫圈——A 级（摘自 GB/T 97.1—2002）
平垫圈　倒角型——A 级（摘自 GB/T 97.2—2002）
平垫圈——C 级（摘自 GB/T 95—2002）
大垫圈——A 级（摘自 GB/T 96.1—2002）
特大垫圈——C 级（摘自 GB/T 5287—2002）

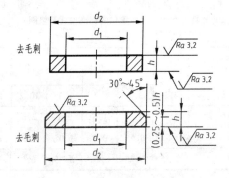

（续）

标记示例：

垫圈　GB/T 95　8

（标准系列、公称尺寸 $d=8$、性能等级为 100HV、不经表面处理的平垫圈）

垫圈　GB/T 97.2　8

（标准系列、公称尺寸 $d=8$、性能等级为 A140 级、倒角型、不经表面处理的平垫圈）

（单位：mm）

公称规格（螺纹大径）d	标准系列									特大系列			大系列			小系列		
	GB/T 95（C 级）			GB/T 97.1（A 级）			GB/T 97.2（A 级）			GB/T 5287（C 级）			GB/T 96.1（A 级）			GB/T 848—2002（A 级）		
	d_{1min}	d_{2max}	h	d_{1min}	d_{2max}	h	d_{1min}	d_{2max}	h	d_{1min}	d_{2max}	h	d_{1min}	d_{2max}	h	d_{1min}	d_{2max}	h
4	—	—	—	4.3	9	0.8	—	—	—	—	—	—	4.3	12	1	4.3	8	0.5
5	5.5	10	1	5.3	10	1	5.3	10		5.5	18	2	5.3	15	1	5.3	9	1
6	6.6	12	1.6	6.4	12	1.6	6.4	12	1.6	6.6	22		6.4	18	1.6	6.4	11	1.6
8	9	16		8.4	16		8.4	16		9	28	3	8.4	24	2	8.4	15	
10	11	20	2	10.5	20	2	10.5	20	2	11	34		10.5	30	2.5	10.5	18	
12	13.5	24	2.5	13	24	2.5	13	24	2.5	13.5	44	4	13	37	3	13	20	2
16	17.5	30	3	17	30	3	17	30	3	17.5	56	5	17	50		17	28	2.5
20	22	37		21	37		21	37		22	72		21	60	4	21	34	3
24	26	44	4	25	44	4	25	44	6	26	85	6	25	72	5	25	39	4
30	33	56		31	56		31	56		33	105		33	92	6	31	50	
36	39	66	5	37	66	5	37	66		39	125	8	39	110	7	37	60	5

注：1. A 级适用于精装配系列，C 级适用于中等装配系列。

　　2. C 级垫圈没有 $Ra3.2$ 和去毛刺的要求。

　　3. GB/T 848—2002 主要用于圆柱头螺钉，其他用于标准的六角螺栓、螺母和螺钉。

附录 E　标准型弹簧垫圈摘编（GB/T 93—1987）

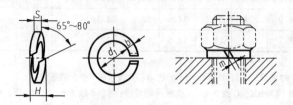

标记示例：

垫圈　GB/T 93　10

（规格 10、材料为 65Mn、表面氧化的标准型弹簧垫圈）

（单位：mm）

公称规格（螺纹大径）	4	5	6	8	10	12	16	20	24	30	36	42	48
d_{1min}	4.1	5.1	6.1	8.1	10.2	12.2	16.2	20.2	24.5	30.5	36.5	42.5	48.5
$S=b_{公称}$	1.1	1.3	1.6	2.1	2.6	3.1	4.1	5	6	7.5	9	10.5	12
$m\leqslant$	0.55	0.65	0.8	1.05	1.3	1.55	2.05	2.5	3	3.75	4.5	5.25	6
H_{max}	2.75	3.25	4	5.25	6.5	7.75	10.25	12.5	15	18.75	22.5	26.25	30

注：m 应大于零。

附录 F　开槽圆柱头螺钉、开槽盘头螺钉摘编（GB/T 65—2000、GB/T 67—2008）

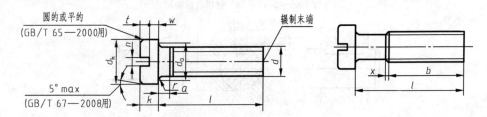

无螺纹部分杆径≈中径或≈螺纹大径

标记示例

螺纹规格 d = M5、公称长度 l = 20mm、性能等级为 4.8 级、不经表面处理的 A 级开槽圆柱头螺钉：

螺钉　GB/T 65　M5 × 20

螺纹规格 d = M5、公称长度 l = 20mm、性能等级为 4.8 级、不经表面处理的 A 级开槽盘头螺钉：

螺钉　GB/T 67　M5 × 20

（单位：mm）

螺纹规格 d	M1.6	M2	M2.5	M3	M4		M5		M6		M8		M10	
类别	GB/T 67—2008				GB/T 65—2000	GB/T 67—2008	GB/T 65—2000	GB/T 67—2008	GB/T 65—2000	GB/T 67—2008	GB/T 65—2000	GB/T 67—2008	GB/T 65—2000	GB/T 67—2008
螺距 P	0.35	0.4	0.45	0.5	0.7		0.8		1		1.25		1.5	
a　max	0.7	0.8	0.9	1	1.4		1.6		2		2.5		3	
b　min	25	25	25	25	38		38		38		38		38	
d_k　公称=max	3.2	4.0	5.0	5.6	7.00	8.00	8.50	9.50	10.00	12.00	13.00	16.00	16.00	20.00
d_k　min	2.9	3.7	4.7	5.3	6.78	7.64	8.28	9.14	9.78	11.57	12.73	15.57	15.73	19.48
d_a　max	2	2.6	3.1	3.6	4.7		5.7		6.8		9.2		11.2	
k　公称=max	1.00	1.30	1.50	1.80	2.60	2.40	3.30	3.00	3.9	3.6	5.0	4.8	6.0	
k　min	0.86	1.16	1.36	1.66	2.46	2.26	3.12	2.86	3.6	3.3	4.7	4.5	5.7	
n　公称	0.4	0.5	0.6	0.8	1.2		1.2		1.6		2		2.5	
n　min	0.46	0.56	0.66	0.86	1.26		1.26		1.66		2.06		2.56	
n　max	0.60	0.70	0.80	1.00	1.51		1.51		1.91		2.31		2.81	
r　min	0.1	0.1	0.1	0.1	0.2		0.2		0.25		0.4		0.4	
r_f　参考	0.5	0.6	0.8	0.9	1.2		1.5		1.8		2.4		3	
t　min	0.35	0.5	0.6	0.7	1.1	1	1.3	1.2	1.6	1.4	2	1.9	2.4	
w　min	0.3	0.4	0.5	0.7	1.1	1	1.3	1.2	1.6	1.4	2	1.9	2.4	
x　max	0.9	1	1.1	1.25	1.75		2		2.5		3.2		3.8	
l（商品规格范围公称长度）	2~16	2.5~20	3~25	4~30	5~40		6~50		8~60		10~80		12~80	
l（系列）	2,2.5,3,4,5,6,8,10,12,(14),16,20,25,30,35,40,45,50,(55),60,(65),70,(75),80													

注：1. 螺纹规格 d = M1.6 ~ M3、公称长度 l≤30mm 的螺钉，应制出全螺纹；螺纹规格 d = M4 ~ M10、公称长度 l≤ 40mm 的螺钉，应制出全螺纹（b=l-a）。

2. 尽可能不采用括号内的规格。

附录 G　普通型平键的尺寸与公差摘编（GB/T 1096—2003）

GB/T 1095—2003 平键　键槽的剖面尺寸

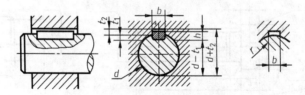

GB/T 1096—2003 普通平键的型式尺寸

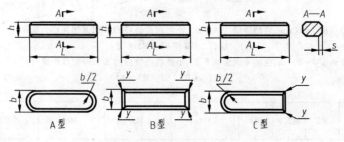

注：$y \leqslant s_{max}$　　　$s = r$

标记示例：

宽度 $b = 16$mm、高度 $h = 10$mm、长度 $L = 100$mm 的普通 A 型平键：GB/T 1096 键 $16 \times 10 \times 100$

（单位：mm）

键的公称尺寸				键　槽									
				宽度 b					深　度				半径 r
				极 限 偏 差					轴		毂		
				松联结		正常联结		紧密联结					
轴径 d	b	h	L	轴 H9	毂 D10	轴 N9	毂 JS9	轴和毂 P9	t_1	极限偏差	t_2	极限偏差	最小	最大
6 ~ 8	2	2	6 ~ 20	+0.025 0	+0.060 +0.020	−0.004 −0.029	+0.0125	−0.006 −0.031	1.2		1		0.08	0.16
>8 ~ 10	3	3	6 ~ 36						1.8		1.4			
>10 ~ 12	4	4	8 ~ 45	+0.030 0	+0.078 +0.030	0 −0.030	±0.015	−0.012 −0.042	2.5	+0.1 0	1.8	+0.1 0		
>12 ~ 17	5	5	10 ~ 56						3.0		2.3			
>17 ~ 22	6	6	14 ~ 70						3.5		2.8		0.16	0.25
>22 ~ 30	8	7	18 ~ 90	+0.036 0	+0.098 +0.040	0 −0.036	±0.018	−0.015 −0.051	4.0		3.3			
>30 ~ 38	10	8	22 ~ 110						5.0		3.3			
>38 ~ 44	12	8	28 ~ 140						5.0	+0.2 0	3.3	+0.2 0		
>44 ~ 50	14	9	36 ~ 160	+0.043 0	+0.120 +0.050	0 −0.043	±0.0215	−0.018 −0.061	5.5		3.8		0.25	0.40
>50 ~ 58	16	10	45 ~ 180						6.0		4.3			
>58 ~ 65	18	11	50 ~ 200						7.0		4.4			
L 系列	6、8、10、12、14、16、18、20、22、25、28、32、36、40、45、50、56、63、70、80、90、100、110、125、140、160、180、200												

注：$(d-t_1)$ 和 $(d+t_2)$ 的极限偏差按相应的 t_1 和 t_2 的极限偏差选取，但 $(d-t_1)$ 的极限偏差值应取负号。

附录 H　圆柱销摘编（GB/T 119.1~2—2000）

末端形状，由制造者确定

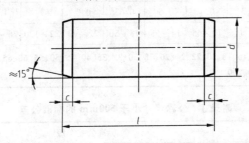

标记示例

公称直径 $d=6$mm、公差为 m6、公称长度 $l=30$mm、材料为钢、不经淬火、不经表面处理的圆柱销：

销　GB/T 119.1　6 m6×30

公称直径 $d=6$mm、公差为 m6、公称长度 $l=30$mm、材料为钢、普通淬火（A 型）、不经表面处理的圆柱销：

销　GB/T 119.2　6×30

（单位：mm）

d（公称）	1.5	2	2.5	3	4	5	6	8
$c\approx$	0.3	0.35	0.4	0.5	0.63	0.8	1.2	1.6
l（商品长度范围）GB/T 119.1—2000	4~16	6~20	6~24	8~30	8~40	10~50	12~60	14~80
l（商品长度范围）GB/T 119.2—2000	4~16	5~20	6~24	8~30	10~40	12~50	14~60	18~80
d（公称）	10	12	16	20	25	30	40	50
$c\approx$	2	2.5	3	3.5	4	5	6.3	8
l（商品长度范围）GB/T 119.1—2000	18~95	22~140	26~180	35~200以上	50~200以上	60~200以上	80~200以上	95~200以上
l（商品长度范围）GB/T 119.2—2000	22~100以上	26~100以上	40~100以上	50~100以上	—	—	—	—
l（系列）	3,4,5,6,8,10,12,14,16,18,22,24,26,28,30,32,35,40,45,50,55,60,65,70,75,80,85,90,95,100,120,140,160,180,200……							

注：1. 公称直径 d 的公差：GB/T 119.1—200 规定为 m6 和 h8，GB/T 119.2—2000 中仅有 m6，其他公差由供需双方协议。

2. GB/T 119.2—2000 中淬硬钢按淬火方法不同，分为普通淬火（A 型）和表面淬火（B 型）。

3. 公称长度大于 200mm 按 20mm 递增。

附录 I　圆锥销摘编（GB/T 117—2000）

A 型（磨削）　　　　　　B 型（切削或冷镦）

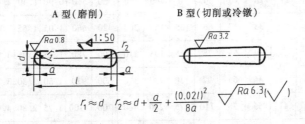

$$r_1 \approx d \quad r_2 \approx d + \frac{a}{2} + \frac{(0.021)^2}{8a}$$

标记示例：

公称直径 $d=6$mm、公称长度 $l=30$mm、材料 35 钢、热处理硬度 HRC 28~38、表面氧化处理的 A 型圆锥销：

销　GB/T 117.6×30

（单位：mm）

d(h10)	2	2.5	3	4	5	6	8	10	12	16	30
$a\approx$	0.25	0.3	0.4	0.5	0.63	0.8	1	1.2	1.6	2.	4
l(商品范围)	10~35		12~45	14~55	18~60	22~90	22~120	26~160	32~180	40~200	55~200
l系列	10、12、14、16、18、20、22、24、26、28、30、32、35、40、45、50、55、60、65、70、75、80、85、90、95、100、120、140、160、180、200										

附录 J　公称尺寸小于 500mm 的标准公差

公称尺寸 /mm		标准公差等级																	
		IT1	IT2	IT3	IT4	IT5	IT6	IT7	IT8	IT9	IT10	IT11	IT12	IT13	IT14	IT15	IT16	IT17	IT18
大于	至	μm											mm						
—	3	0.8	1.2	2	3	4	6	10	14	25	40	60	0.10	0.14	0.25	0.40	0.60	1.0	1.4
3	6	1	1.5	2.5	4	5	8	12	18	30	48	75	0.12	0.18	0.30	0.48	0.75	1.2	1.8
6	10	1	1.5	2.5	4	6	9	15	22	36	58	90	0.15	0.22	0.36	0.58	0.90	1.5	2.2
10	18	1.2	2	3	5	8	11	18	27	43	70	110	0.18	0.27	0.43	0.70	1.10	1.8	2.7
18	30	1.5	2.5	4	6	9	13	21	33	52	84	130	0.21	0.33	0.52	0.84	1.30	2.1	3.3
30	50	1.5	2.5	4	7	11	16	25	39	62	100	160	0.25	0.39	0.62	1.00	1.60	2.5	3.9
50	80	2	3	5	8	13	19	30	46	74	120	190	0.30	0.46	0.74	1.20	1.90	3.0	4.6
80	120	2.5	4	6	10	15	22	35	54	87	140	220	0.35	0.54	0.87	1.40	2.20	3.5	5.4
120	180	3.5	5	8	12	18	25	40	63	100	160	250	0.40	0.63	1.00	1.60	2.50	4.0	6.3
180	250	4.5	7	10	14	20	29	46	72	115	185	290	0.46	0.72	1.15	1.85	2.90	4.6	7.2
250	315	6	8	12	16	23	32	52	81	130	210	320	0.52	0.81	1.30	2.10	3.20	5.2	8.1
315	400	7	9	13	18	25	36	57	89	140	230	360	0.57	0.89	1.40	2.30	3.60	5.7	8.9
400	500	8	10	15	20	27	40	63	97	155	250	400	0.63	0.97	1.55	2.50	4.00	6.3	9.7
500	630	9	11	16	22	32	44	70	110	175	280	440	0.70	1.10	1.75	2.80	4.40	7.0	11
630	800	10	13	18	25	36	50	80	125	200	320	500	0.80	1.25	2.00	3.20	5.00	8.0	12.50
800	1000	11	15	21	28	40	56	90	140	230	360	560	0.90	1.40	2.30	3.60	5.60	9	14
1000	1250	13	18	24	33	47	66	105	165	260	420	660	1.05	1.65	2.60	4.20	6.60	10.5	16.5
1250	1600	15	21	29	39	55	78	125	195	310	500	780	1.25	1.95	3.10	5	7.80	12.5	19.5
1600	2000	18	25	35	46	65	92	150	230	370	600	920	1.50	2.30	3.70	6	9.20	15	23
2000	2500	22	30	41	55	78	110	175	280	440	700	1100	1.75	2.80	4.40	7	11	17.5	28
2500	3150	26	36	50	68	96	135	210	330	540	860	1350	2.10	3.30	5.40	8.60	13.5	21	33

注：1. 公称尺寸大于 500mm 的 IT1～IT5 的标准公差数值为试行的。

　　2. 公称尺寸小于 1mm 时，无 IT14～IT18。

附录 K　优先配合中轴的极限偏差摘编　　（单位：μm）

基本尺寸/mm 大于	至	c 11	d 9	f 7	f 8	g 6	g 7	h 6	h 7	h 8	h 9	h 11	k 6	k 7	n 6	p 6	s 6	u 6
—	3	−60 −120	−20 −45	−6 −16	−6 −20	−2 −8	−2 −12	0 −6	0 −10	0 −14	0 −25	0 −60	+6 0	+10 0	+10 +4	+12 +6	+20 +14	+24 +18
3	6	−70 −145	−30 −60	−10 −22	−10 −28	−4 −12	−4 −16	0 −8	0 −12	0 −18	0 −30	0 −75	+9 +1	+13 +1	+16 +8	+20 +12	+27 +19	+31 +23
6	10	−80 −170	−40 −76	−13 −28	−13 −35	−5 −14	−5 −20	0 −9	0 −15	0 −22	0 −36	0 −90	+10 +1	+16 +1	+19 +10	+24 +15	+32 +23	+37 +28
10	18	−95 −205	−50 −93	−16 −34	−16 −43	−6 −17	−6 −24	0 −11	0 −18	0 −27	0 −43	0 −110	+12 +1	+19 +1	+23 +12	+29 +18	+39 +28	+44 +33
18	24	−110 −240	−65 −117	−20 −41	−20 −53	−7 −20	−7 −28	0 −13	0 −21	0 −33	0 −52	0 −130	+15 +2	+23 +2	+28 +15	+35 +22	+48 +35	+54 +41
24	30																	+61 +48
30	40	−120 −280	−80 −142	−25 −50	−25 −64	−9 −25	−9 −34	0 −16	0 −25	0 −39	0 −62	0 −160	+18 +2	+27 +2	+33 +17	+42 +26	+59 +43	+76 +60
40	50	−130 −290																+86 +70
50	65	−140 −330	−100 −174	−30 −60	−30 −76	−10 −29	−10 −40	0 −19	0 −30	0 −46	0 −74	0 −190	+21 +2	+32 +2	+39 +20	+51 +32	+72 +53	+106 +87
65	80	−150 −340															+78 +59	+121 +102
80	100	−170 −390	−120 −207	−36 −71	−36 −90	−12 −34	−12 −47	0 −22	0 −35	0 −54	0 −87	0 −220	+25 +3	+38 +3	+45 +23	+59 +37	+93 +71	+146 +124
100	120	−180 −400															+101 +79	+166 +144
120	140	−200 −450	−145 −245	−43 −83	−43 −106	−14 −39	−14 −54	0 −25	0 −40	0 −63	0 −100	0 −250	+28 +3	+43 +3	+52 +27	+68 +43	+117 +92	+195 +170
140	160	−210 −460															+125 +100	+215 +190
160	180	−230 −480															+133 +108	+235 +210
180	200	−240 −530	−170 −285	−50 −96	−50 −122	−15 −44	−15 −61	0 −29	0 −46	0 −72	0 −115	0 −290	+33 +4	+50 +4	+60 +31	+79 +50	+151 +122	+265 +236
200	225	−260 −550															+159 +130	+287 +258
225	250	−280 −570															+169 +140	+313 +284
250	280	−300 −620	−190 −320	−56 −108	−56 −137	−17 −49	−17 −69	0 −32	0 −52	0 −81	0 −130	0 −320	+36 +4	+56 +4	+66 +34	+88 +56	+190 +158	+347 +315
280	315	−330 −650															+202 +170	+382 +350
315	355	−360 −720	−210 −350	−62 −119	−62 −151	−18 −54	−18 −75	0 −36	0 −57	0 −89	0 −140	0 −360	+40 +4	+61 +4	+73 +37	+98 +62	+226 +190	+426 +390
355	400	−400 −760															+244 +208	+471 +435
400	450	−440 −840	−230 −385	−68 −131	−68 −165	−20 −60	−20 −83	0 −40	0 −63	0 −97	0 −155	0 −400	+45 +5	+68 +5	+80 +40	+108 +68	+272 +232	+530 +490
450	500	−480 −880															+292 +252	+580 +540

附录 L　优先配合中孔的极限偏差摘编　　　　（单位：μm）

公称尺寸/mm 大于	至	C 11	D 9	F 8	G 7	H 7	H 8	H 9	H 11	K 7	N 7	P 7	S 7	U 7
—	3	+120 +60	+45 +20	+20 +6	+12 +2	+10 0	+14 0	+25 0	+60 0	0 -10	-4 -14	-6 -16	-14 -24	-18 -28
3	6	+145 +70	+60 +30	+28 +10	+16 +4	+12 0	+18 0	+30 0	+75 0	+3 -9	-4 -16	-8 -20	-15 -27	-19 -31
6	10	+170 +80	+76 +40	+35 +13	+20 +5	+15 0	+22 0	+36 0	+90 0	+5 -10	-4 -19	-9 -24	-17 -32	-22 -37
10	14	+205 +95	+93 +50	+43 +16	+24 +6	+18 0	+27 0	+43 0	+110 0	+6 -12	-5 -23	-11 -29	-21 -39	-26 -44
14	18	+205 +95	+93 +50	+43 +16	+24 +6	+18 0	+27 0	+43 0	+110 0	+6 -12	-5 -23	-11 -29	-21 -39	-26 -44
18	24	+240 +110	+117 +65	+53 +20	+28 +7	+21 0	+33 0	+52 0	+130 0	+6 -15	-7 -28	-14 -35	-27 -48	-33 -54
24	30	+240 +110	+117 +65	+53 +20	+28 +7	+21 0	+33 0	+52 0	+130 0	+6 -15	-7 -28	-14 -35	-27 -48	-40 -61
30	40	+280 +120	+142 +80	+64 +25	+34 +9	+25 0	+39 0	+62 0	+160 0	+7 -18	-8 -33	-17 -42	-34 -59	-51 -76
40	50	+290 +130	+142 +80	+64 +25	+34 +9	+25 0	+39 0	+62 0	+160 0	+7 -18	-8 -33	-17 -42	-34 -59	-61 -86
50	65	+330 +140	+174 +100	+76 +30	+40 +10	+30 0	+46 0	+74 0	+190 0	+9 -21	-9 -39	-21 -51	-42 -72	-76 -106
65	80	+340 +150	+174 +100	+76 +30	+40 +10	+30 0	+46 0	+74 0	+190 0	+9 -21	-9 -39	-21 -51	-48 -78	-91 -121
80	100	+390 +170	+207 +120	+90 +36	+47 +12	+35 0	+54 0	+87 0	+220 0	+10 -25	-10 -45	-24 -59	-58 -93	-111 -146
100	120	+400 +180	+207 +120	+90 +36	+47 +12	+35 0	+54 0	+87 0	+220 0	+10 -25	-10 -45	-24 -59	-66 -101	-131 -166
120	140	+450 +200	+245 +145	+106 +43	+54 +14	+40 0	+63 0	+100 0	+250 0	+12 -28	-12 -52	-28 -68	-77 -117	-155 -195
140	160	+460 +210	+245 +145	+106 +43	+54 +14	+40 0	+63 0	+100 0	+250 0	+12 -28	-12 -52	-28 -68	-85 -125	-175 -215
160	180	+480 +230	+245 +145	+106 +43	+54 +14	+40 0	+63 0	+100 0	+250 0	+12 -28	-12 -52	-28 -68	-93 -133	-195 -235
180	200	+530 +240	+285 +170	+122 +50	+61 +15	+46 0	+72 0	+115 0	+290 0	+13 -33	-14 -60	-33 -79	-105 -151	-219 -265
200	225	+550 +260	+285 +170	+122 +50	+61 +15	+46 0	+72 0	+115 0	+290 0	+13 -33	-14 -60	-33 -79	-113 -159	-241 -287
225	250	+570 +280	+285 +170	+122 +50	+61 +15	+46 0	+72 0	+115 0	+290 0	+13 -33	-14 -60	-33 -79	-123 -169	-267 -313
250	280	+620 +300	+320 +190	+137 +56	+69 +17	+52 0	+81 0	+130 0	+320 0	+16 -36	-14 -66	-36 -88	-138 -190	-295 -347
280	315	+650 +330	+320 +190	+137 +56	+69 +17	+52 0	+81 0	+130 0	+320 0	+16 -36	-14 -66	-36 -88	-150 -202	-330 -382
315	355	+720 +360	+350 +210	+151 +62	+75 +18	+57 0	+89 0	+140 0	+360 0	+17 -40	-16 -73	-41 -98	-169 -226	-369 -426
355	400	+760 +400	+350 +210	+151 +62	+75 +18	+57 0	+89 0	+140 0	+360 0	+17 -40	-16 -73	-41 -98	-187 -244	-414 -471
400	450	+840 +440	+385 +230	+165 +68	+83 +20	+63 0	+97 0	+155 0	+400 0	+18 -45	-17 -80	-45 -108	-209 -272	-467 -530
450	500	+880 +480	+385 +230	+165 +68	+83 +20	+63 0	+97 0	+155 0	+400 0	+18 -45	-17 -80	-45 -108	-229 -292	-517 -580

参 考 文 献

［1］ 国家技术监督局. 技术制图与机械制图 ［S］. 北京：中国标准出版社，2006.

［2］ 中华人民共和国国家质量监督检验检疫总局. GB/T 197—2003 普通螺纹 公差 ［S］. 北京：中国标准出版社，2004.

［3］ 中华人民共和国国家质量监督检验检疫总局. GB/T 3505—2009 产品几何技术规范（GPS）技术产品文件中表面结构的表示法 ［S］. 北京：中国标准出版社，2009.

［4］ 夏华生. 机械制图 ［M］. 北京：高等教育出版社，2007.

［5］ 钱可强. 机械制图 ［M］. 北京：高等教育出版社，2008.

［6］ 金大鹰. 机械制图 ［M］. 北京：机械工业出版社，2009.

［7］ 姜亚南. Auto CAD 机械制图实用教程 ［M］. 北京：机械工业出版社，2011.

［8］ 蒋继红. 机械零部件测绘 ［M］. 北京：机械工业出版社，2009.